AF144138

scheriau
krempyr

STEPHAN ROISS

TRICERATOPS

ROMAN

KREMAYR & SCHERIAU

Es ist jetzt dunkel
genug.

Wir wollen uns
an alles erinnern. Aber
nur noch einmal.

I

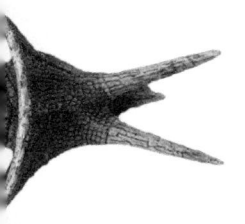

DIE TÜR UNSERES Kinderzimmers stand weit offen. Hörten wir ein Schluchzen, gingen wir hinunter ins Wohnzimmer und setzten uns ans Kopfende des Sofas. Wir streichelten Mutters Stirn, das strohblonde Haar, befühlten den Abdruck, den das Kreuzstichmuster des Polsters auf der Wange hinterlassen hatte. Drehte sich Mutter auf den Bauch, streichelten wir den Rücken, fuhren mit der Handfläche über die weit vorstehenden Schulterblätter, zählten die Rippen. Zweimal zwölf. Wir sagten Mutter, dass wir sie lieben. Es war nicht wahr. Wir wollten nichts sagen, sie nicht berühren, nicht alleine mit ihr sein. Vater arbeitete bis in die Abendstunden, und unsere Schwester blieb nach dem Unterricht zumeist noch in der Stadt: Schachtraining, Freifach Musik, Vorbereitungskurs zur Mathematik-Olympiade. Wir gingen in die Volksschule, waren mittags wieder daheim.

ES GAB FOTOS, auf denen wir glücklich aussahen: im Maradona-Trikot hinter einer rosaroten Torte, beim Martinsfest von Laternen und Anoraks umringt, mit Flossen an den Füßen in der Sandkiste, Hand in Hand mit Vater vor einem verschneiten Büffelgehege.

Vater war beinahe zwei Meter groß. Für gewöhnlich hielt er sich weit vorgebeugt und zog seinen kahlen Kopf ein. Auf dem Foto sah er so groß aus, wie er wirklich war. Er steht aufrecht in der Winterlandschaft und trägt eine riesige Fellmütze.

Mutter war fünfmal in der geschlossenen Abteilung. Dort schluckte sie Neuroleptika mit ungesüßtem Früchtetee. Dort band man sie fest und jagte Stromschläge durch ihren Körper.

AUF DEM SERVIERWAGEN, den der Pfleger durch den Korridor schob, stapelten sich weiße Untertassen. Mutter trug ihren Morgenmantel über einem ausgewaschenen Nachthemd und starrte auf den Becher in ihrer Hand. Vater klopfte mit dem Zeigefinger auf die Stuhllehne. Unsere Schwester ordnete die Ziersternchen, die auf der Tischdecke lagen, in einer Linie an. Der Pfleger fuhr mit dem Servierwagen über eine Aluminiumleiste. Es klimperte. Es klimperte noch einmal. Über dem Tisch hing ein Tannenzweig, daran ein hölzerner Engel mit roter Schleife.

»Hier ist es schön geschmückt«, sagten wir.

In der Glastür am Ende des Ganges erschien eine dürre Greisin, holte Luft und schrie: »Verschissen ist der rote Gott, verschissen ist der Führer, verflucht und verschissen!«

Hinter ihr wurde eine Stimme laut: »Frau Gattringer!«

»Luzifer soll alles holen, was sich regt!«, kreischte die alte Frau, während sie ein Pfleger von der Tür wegzerrte.

»Alles, was irgendwann gelebt hat, das gehört ihm schon!«

Die Glastür fiel zu.

WIR MALTEN MIT Filzstiften Monster in unlinierte Schulhefte und gaben den Monstern Namen. In unseren Bildern verschmolzen verschiedene Tiere miteinander und menschliche Figuren bekamen groteske Körperteile: dornenbesetzte Tentakel, Hufe und Reißzähne, zwei Bärenköpfe, Pranken aus Feuer, Mondsteinhaut, Skelettflügel, Schlangen anstatt von Armen, dreizehn Hörner auf einem Nackenschild aus Stahl. Allen unseren Monstern fehlte der Hals. Ihre Augen saßen auf Höhe ihrer Schultern.

»Stammen die alle von der Schildkröte ab?«, fragte Vater, als er eines unserer Hefte durchblätterte.

Er schmunzelte. Wir senkten den Kopf. Vater schlug die nächste Seite auf.

»Ah, ein Drache«, sagte er und deutete auf die Bibel, die offen neben ihm lag. »Da kommt auch ein Drache vor.«

Vater gab uns das Heft zurück, steckte sich eine Zigarette in den Mundwinkel und zog sein Sturmfeuerzeug aus der Hosentasche.

»Hatte Jesus einen Drachen?«, fragten wir.

IM NATURKUNDEHAUS ZEIGTE die Lehrerin auf einen großen, blau leuchtenden Monitor. Ein dunkler Rochen löst sich aus dem Sand, wühlt den Meeresboden auf. Korallenwälder. Schroffe Felsen, aus deren Ritzen Seegras winkt. Hunderte knallgelbe Fische schnellen zur gleichen Zeit im gleichen Winkel nach oben und geben den Blick auf einen silbrig schimmernden Schwarm frei, der durchs Wasser schwebt, ruckartig die Richtung wechselt, weiterschwebt.

»Diese vielen kleinen Fische tun so, als wären sie ein einziger großer Fisch«, sagte die Lehrerin.

»Wieso machen die das?«, fragte ein Mädchen vor uns.

»Damit Raubfische glauben, sie hätten es mit einem starken Gegner zu tun. Und nicht mit leichter Beute.«

Hinter einem zerklüfteten Riff kommt ein Hai zum Vorschein, gleitet heran, füllt bald den halben Monitor aus, pechschwarze Augen, Kiemenspalten. Schnitt. Ein dunkler Rochen löst sich aus dem Sand. Allmählich setzte sich die Klasse wieder in Bewegung. Wir aber blieben stehen, wollten warten, bis der knallgelbe Schwarm wieder ins Bild kam. Korallenwälder. Die Lehrerin winkte uns zu sich.

ER STRECKTE SICH, gähnte, strich sich über die Glatze.

»Also gut«, sagte Vater, schaltete den Fernseher aus und nahm seine Bibel zur Hand.

»*Offb* steht zum Beispiel für ein Buch namens *Die Offenbarung des Johannes*. Diese großen Zahlen wiederum, das sind die Kapitelnummern. Und diese kleinen, das sind die Versnummern. Buch, Kapitel, Vers. Verstanden?«

Wir nickten. Vater blätterte ans Ende der Bibel.

»Und wenn man jetzt alles über Drachen lesen will, kann man hier hinten unter dem Stichwort *Drache* nachschauen. Dort sind dann alle Stellen aufgelistet, wo ein Drache vorkommt. Siehst du?«

Vater übergab uns die Bibel, griff zur Fernbedienung und schaltete den Fernseher wieder ein. Werbung für Zahnpasta. Werbung für Milch. Wir lasen leise vor uns hin: *Der Drache stand vor der Frau, die gebären sollte; er wollte ihr Kind verschlingen, sobald es geboren war.*

»Pscht«, machte Vater.

Werbung für das Brettspiel des Jahres.

UNSERE SCHWESTER HOCKTE auf dem Teppich im Wohnzimmer und breitete Frischhaltefolie vor sich aus. Auf die Folie legte sie einen Kreis aus Zuckerln. Danach steckte sie sich ein Zuckerl nach dem anderen in den Mund, abwechselnd ein gelbes und ein oranges. Wir taten es ihr gleich: gelb, orange, gelb, orange, orange.

»Falsch«, sagte unsere Schwester mit prall gefüllten Backen.

Wir lachten, warfen den Kopf in den Nacken, ein Zuckerl rutschte in die Luftröhre. Wir rissen die Augen auf, rangen nach Atem, beugten uns vor, die übrigen Zuckerl fielen uns aus dem Mund. Erst dachte unsere Schwester, wir würden nur Spaß machen, schließlich aber begann sie uns auf den Rücken zu schlagen, anfangs zögerlich, dann schmerzhaft fest. Wir erbrachen auf den Teppich.

»Alles ist gut«, sagte unsere Schwester, sprang auf, schleifte den Teppich über das Parkett und zerrte ihn vor die Haustür.

Danach ging sie in den Keller und ließ uns ein Bad ein. Sie prüfte die Temperatur des Wassers, wir mussten uns in die Wanne legen.

»Ich mache Kakao«, sagte unsere Schwester und verschwand nach oben.

Ein paar Minuten später gab es einen Stromausfall. Mit einem Mal lagen wir in völliger Dunkelheit. Von nun an wollten wir immer ohne Licht baden. Manchmal ließen wir ein Teelicht flackern.

»Deine Schwester kann schon auf sich selbst aufpassen, aber noch nicht auf dich«, sagte Vater, als er heimkam.

Wenn Mutter in der Klinik bleiben und Vater arbeiten musste, brauchte es von nun an immer einen Erwachsenen, der nach der Schule auf uns aufpasste: unsere Tante oder die Nachbarin. War schulfrei, brachte Vater uns zu seiner Mutter. Unsere Schwester weigerte sich bei der Aschbach-Großmutter zu übernachten. Sie ekelte sich vor den fetten Fleischfliegen in der Stube und fand, dass die Bettwäsche nach Kuhfladen stank. Gelegentlich nahm sich Vater Urlaub. Er konnte nichts kochen außer Frankfurter.

VATER SETZTE UNS mit einer Sporttasche voller Gewand in Aschbach ab. Großmutter winkte Vaters Auto nach, der Kater schnupperte an unseren Schuhen. Der Boden im Hof war gesprenkelt mit Hühnerkot, vor der Stallmauer wölbten sich Inseln aus hart gewordenem Schnee. In der Stube goss uns Großmutter einen Löffel Ribiselmarmelade mit kaltem Wasser auf und schenkte sich ein großes Glas Most ein. Das Gulasch auf dem Herd schlug Blasen. Die Hauptspeise wurde aus demselben Teller gegessen wie die Suppe davor und der Grießkoch danach. Am Abend schaute uns Großmutter beim Zeichnen zu, schlief im Sitzen ein, erwachte wieder, füllte ihr Glas auf und erzählte. Früher hatten zum Haus Getreidefelder gehört, und der Stall war voller Tiere gewesen. Heute war der Misthaufen seinen Namen nicht mehr wert. Unser Onkel, Vaters jüngerer Bruder, hatte nach Großvaters Tod den Betrieb übernommen, aber bald genug von der Landwirtschaft gehabt, und war mit seiner Frau in die Schweiz ausgewandert. Ein paar Kühe und die Hühner hatte sich Großmutter behalten. Sie brauchte etwas Leben um sich herum. Nur drei ihrer Kinder hatten das Erwachsenenalter erreicht. Die anderen drei waren jung gestorben. Eines hatte den Schlitten über den gefrorenen Tümpel gezogen und war ins Eis eingebrochen, eines hatte verdorbene Würste gegessen, eines war behindert zur Welt gekommen und in der Nacht nach seiner Taufe nicht mehr aufgewacht.

Wir liefen in der Spur der Rodel, die ohne uns losgesaust war und nun am Fuß des Friedhofsberges stand, die Kufen halb im Schnee und halb im Gras. Wir schlitterten über eine glatte Stelle, fielen hin, legten uns quer zum Hang und ließen uns das letzte Stück hinunterrollen. Dabei rutschte unser Anorak hoch. Beißende Kälte. Mutter hätte uns geschimpft, weil wir nicht den Skioverall angezogen hatten. Als wir uns neben der Rodel aufrichteten, fielen wir gleich wieder um. Halb, weil uns so schwindlig war, und halb, weil wir es nicht anders wollten.

»Das heißt nicht Plüschiater«, sagte die Aschbach-Großmutter.

Sie schlug die Sohlen unserer Winterschuhe gegeneinander, Schneekristalle spritzten auf ihren Kittel, es hallte im Hof.

»Das heißt Psychiater«, sagte sie und entfernte mit ihren gelben Fingernägeln Labkrautsamen aus den Klettverschlüssen. »Und davon gibt es schon genug auf der Welt. Willst du nicht lieber Pfarrer werden?«

Die alte Laterne schwankte. Der Wind beugte die Wipfel der beiden Kastanienbäume und drückte die Flügel des Hoftores auf. Wir schauten hinaus in die Düsternis. Wir warteten darauf, dass die Hügel zerreißen, dass ein Feuerturm aus dem gefrorenen Acker bricht und den Nachthimmel erleuchtet, in weiten Bögen Gestein in die Bäche geschleudert wird, während sich ein Drache aus den Schatten vor uns löst und das Wort an uns richtet, *ein Drache, groß und feuerrot, mit sieben Köpfen und zehn Hörnern und mit sieben Diademen auf seinen Köpfen. Sein Schwanz fegte ein Drittel der Sterne vom Himmel und warf sie auf die Erde herab.* Die Wolkendecke knisterte.

»Morgen kommt Mutter wieder heim«, sagte Vater am Telefon. »Nach dem Frühstück hole ich dich ab und dann fahren wir gemeinsam zu ihr. Geht es dir gut?«

Großmutter zwängte ihr offenes Bein in eine braune Stützstrumpfhose. Der Kater schärfte seinen Krallen an einem Holzscheit. Die Gasflammen des Herdes zischten.

»Ja.«

In der Nacht schlichen wir in die Stube, nippten am Most, spuckten aus, nachten vom Rhabarberkuchen und malten bei Kerzenschein Monster in unser Heimatkundeheft: eine Riesenspinne, ein Gespenst mit neun Herzen und zuletzt einen Kampfroboter, der brennende Fische abfeuern kann. Hatten wir ein Monster fertiggemalt, schrieben wir seinen Namen über das Bild: *Oktama, Egonil, KRX-2000*. Unter dem Bild notierten wir, wo das Monster zu finden ist: *Rattenhaus, Kalter Urwald, Galaxis*. Wir bliesen die Kerze aus und beobachteten, wie der Rauch vom Docht aufstieg, sich kräuselte, verblasste.

Auf dem Weg zurück in unser Zimmer wollten wir mit dem Fuß ein welkes Blatt zur Seite wischen, das mitten auf dem Gang lag. Doch als wir es anstießen, löste sich ein Ärmchen aus dem dunklen Fleck und ein kleiner Flügel spannte sich auf. Uns entfuhr ein Schrei, wir zogen den Fuß zurück. Die Fledermaus hob ein wenig ihren Kopf. Ihr blieb nicht mehr viel Zeit. In wenigen Sekunden würde das Licht angehen, die Schlafzimmertür sich öffnen und die Großmutter den Reisigbesen aus der Küche holen.

»Ihr habt mir so gefehlt«, sagte Mutter, stellte ihren Koffer auf dem Asphalt ab, ging in die Hocke, schloss erst unsere Schwester, danach uns in ihre Arme. In einer Pfütze des Parkplatzes spiegelte sich eine Wolke, die wie ein Einhorn aussah. Wir blickten hoch, Mutter drückte unseren Kopf zurück an ihre knochige Schulter.

»Ihr habt mir so gefehlt.«

AUF DEM PFARRPLATZ gab es vier Beete mit geflammten Tulpen. In der Kirche roch es nach Stein. Vater hob uns hoch, wir tauchten die Finger ins Weihwasserbecken. Zu beiden Seiten des Altarraumes steckten Ziffern in hölzernen Schienen.

»Das sind die Nummern der Lieder, die wir heute singen«, sagte Mutter, als sie sich neben uns in die Kirchenbank setzte, und reichte uns das *Gotteslob*.

Wir suchten die Lieder im Buch und legten bunte Lesebändchen zwischen die Seiten. Rot, violett, grün, gelb.

»Brav.«

Während der Messe starrten uns geflügelte Kreaturen an: ein Adler, ein Löwe, ein Stier, ein Mensch. Mit Vogelfuß, Pranke, Huf und Hand deuteten sie auf goldene Schriftrollen. Wir zupften am Ärmel von Mutters Bluse. Mutter beugte sich zu uns.

»Wieso ist das Bild zersplittert?«, fragten wir und zeigten in die Mauernische, aus der uns die vier Wesen anblickten.

Mutter gab uns einen Kuss auf die Schläfe. »Das Bild ist nicht zersplittert«, flüsterte sie. »Das gehört so. Das nennt man Mosaik. Das sind viele kleine Steinchen, die gemeinsam ein Ganzes ergeben.«

Die Kirchgänger raunten im Chor: »Durch meine Schuld, durch meine Schuld, durch meine große Schuld«, und klopften sich dabei dreimal mit der Faust gegen die Brust.

Unsere Lider wurden schwer. Wir betteten den Kopf auf Mutters Oberschenkel. Gegen Ende der Messe weckte uns Vater und schritt mit uns durch den Mittelgang nach vorne. Der Pfarrer legte den alten Frauen die Hostie auf die Zunge und unserem Vater in die Hand. Wir bekamen ein Kreuzzeichen auf die Stirn.

»Was suchst du denn?«, fragte uns der Mann am Empfang der Pfarrbibliothek.

»Er will etwas Fantastisches«, antwortete Mutter für uns. Der Mann nahm *Die kleine Hexe* aus dem Regal. Wir verließen die Bibliothek mit fünfhundert Seiten *Drachenfeuer* unterm Arm, lasen die Hälfte des ersten Kapitels und holten uns eine Woche später, nach dem nächsten Kirchenbesuch, *Die Nebel von Avalon*. Fragte uns jemand, worum es in einem der Bücher ging, erzählten wir nach, was auf den ersten zehn Seiten stand, und sponnen die Geschichte dann weiter, indem wir irgendeinen Zeichentrickfilm zusammenfassten, den wir kürzlich gesehen hatten, oder wir beschrieben ganz genau, wie der Zauberer, die Zwergenstadt, die Streitaxt der Trollkönigin aussahen. Unseren Eltern fiel nicht auf, dass wir nur vorgaben, diese dicken Bücher zu lesen. Mutter las Beipackzettel und Kalorientabellen, Vater die Evangelien und Teletext.

DIE KREIDESTRICHE ÜBER der Haustür waren kaum noch zu sehen: *C + M + B*. Vater betrat in kurzer Hose den Vorgarten und bückte sich nach Äpfeln. Bald umkreisten Wespen den dunkelgrünen Kübel. Mutter feilte ihre Fingernägel unter einem weißen Sonnenschirm.

»Warum humpelt Vater?«, fragten wir Mutter.

»Vater humpelt doch nicht«, sagte sie.

Sie drehte sich zu den Gladiolen um und pustete Nagelstaub von ihren Fingerspitzen. Zwischen den verblühten Blumen saß eine Fliege auf einem Schneckenhaus und rieb die Vorderbeinchen aneinander. Vater hob den vollen Kübel hoch und verschwand damit in der Garage.

»Seine rechte Wade ist dünner als seine linke«, sagte Mutter.

ALS DER KATER auf ihren Schoß sprang, öffnete die Asch-bach-Großmutter die Augen. Der Kater rollte sich ein und schnurrte. Großmutter griff nach ihrem Glas und lächelte.

»Dein Vater«, sagte sie, »war ein kleiner Kämpfer.«

Wir nahmen einen neuen Filzstift zur Hand und malten dem Werwolf grasgrüne Tatzen.

Vaters Kinderlähmung war spät erkannt worden, und Großvater, mittellos und stur, hatte verhindert, dass sein Sohn ins Krankenhaus kam. Für den Nachbars-buben, der an der gleichen Krankheit litt, begann bald ein Leben im Rollstuhl. Am Ende bestanden seine Unter-schenkel nur mehr aus Haut und Knochen. Vater hatte zu seinem dritten Geburtstag einen Dreiradler geschenkt bekommen. Tagein, tagaus fuhr er damit herum, über den Hof, in der Scheune, rund um den Tümpel, auf den Feldwegen, so weit er durfte auf der Straße, bis zum Mar-terl und wieder zurück, und eines Tages hörten seine Muskeln auf zu schrumpfen.

Mit fünfzehn ging Vater aus Aschbach fort, besuchte als Bauernkind eine städtische Schule und schaffte die Matura. Den Hof überließ er seinem jüngeren Bruder. Nach zehn Jahren in einem Büro der Bundesbahnen be-schloss er zu studieren. In dieser Zeit lernte er auf einem Volksfest in Klaff eine gertenschlanke Frau kennen, die schallend lachte und auch noch tanzte, als es keine Musik mehr gab. Zwei Monate später fragte er diese Frau hinter dem Glashaus des Botanischen Gartens, ob sie die Mutter seiner Kinder werden wolle. Am 13. Mai 1977 stand Vater im Kreißsaal und erblickte seine neugeborene Tochter. Sie war drei Wochen zu früh auf die Welt gekommen. Die Krankenschwester legte den kleinen Körper an Mutters Brust und sagte, dass alles in Ordnung ist. Das Kind sei gesund.

»Aber deine Mutter fühlte nichts«, sagte Großmutter und wischte sich Most vom Kinn. »So etwas gibt es.«

Vater hatte sein Studium nie begonnen. Ein zweites Kind war nicht in Frage gekommen. Wir waren ein Unfall.

UNSERE SCHWESTER NAHM Anlauf, lief durch die offene Tür ins Schlafzimmer der Eltern, sprang über einen Schemel und landete auf den Decken des Ehebetts. Wir wollten es ihr gleichtun, nahmen ebenfalls Anlauf, liefen durch den Türrahmen, sprangen ab, blieben mit dem Fuß an dem Schemel hängen und schlugen mit dem Gesicht gegen die Bettkante.

Eine kleine Narbe unter der linken Braue erinnerte uns an diesen Vorfall. Die anderen Narben erinnerten uns daran, dass der Juckreiz manchmal übermächtig wurde und wir uns blutig kratzten. Die Hautärztin verschrieb uns Cortisonsalbe und rückfettende Bäder, unsere Tante kaufte uns homöopathische Kügelchen und Stutenmilch. Wir sollten keine Baumwollkleidung tragen, keine Zitrusfrüchte und keine Weizenprodukte essen, überheizte Räume, Stress und Schweiß vermeiden. Vor allem sollten wir unsere Fingernägel kurz halten. Das taten wir. Wir sollten sie zweimal wöchentlich schneiden. Das taten wir nicht. Wir kauten an ihnen herum, nagten und bissen sie ab. Doch auch der mickrigste Fingernagel durchdrang die Haut, wenn wir genügend Druck aufbrachten.

VATER SCHLUG UNSERER Tante mit der flachen Hand ins Gesicht, dass es knallte.

»Lass meine Familie in Ruhe!«

Unsere Tante wich zurück, mit offenem Mund und zitternden Pupillen, unfähig etwas zu erwidern. Sie hatte Mutter zu einer Wahrsagerin gebracht, die in ihre Kristallkugel geblickt und dunkle Prophezeiungen ausgesprochen hatte. Noch im Laufe des Jahres würde drei nahe Verwandte großes Unglück ereilen. Danach glaubte Mutter, zu Silvester sei ihre Familie ausgerottet.

Ging es Mutter gut, kochte sie Lasagne für uns und wir durften *Knight Rider* schauen. Unsere Gabel tauchte in die Béchamelsauce ein, während *K.I.T.T.* über zwei Autos sprang. Unsere Schwester kam früher als gewohnt nach Hause und legte Puzzles mit uns. Wir drehten die Schachtel um, in der Hoffnung, das fehlende Puzzleteil fiele heraus. Vater fuhr mit uns ins Schwimmbad oder zeigte uns die Alpakas, die ein Bauer im Mühlviertel züchtete. Wir rutschten in gelber Badehose durch blaue Röhren. Unsere Hand strich über kastanienrotes Fell.

»DU DARFST SPIELI behalten, aber du musst dich um ihn kümmern!«, sagte Mutter.

»Er heißt Speedy«, erwiderte unsere Schwester.

»Ich kümmere mich nicht um ihn, verstanden?«, sagte Mutter, stemmte ihre Arme in die Hüften und wartete, bis unsere Schwester die weiße Maus zurück in den Käfig gesetzt und den Napf mit Trockenfutter aufgefüllt hatte. Nachdem Mutter aus dem Zimmer gegangen war, zog unsere Schwester die Einweghandschuhe ab, warf einen zwanzigseitigen Würfel gegen die Front ihres leeren Puppenhauses und notierte die Augenzahl auf einem karierten Blockzettel. Speedy scharrte über das Plastik des Käfigbodens. Unsere Schwester würfelte, notierte, würfelte, notierte, würfelte, notierte.

»Würfel haben kein Gedächtnis«, flüsterte sie.

»DEINE MUTTER IST am 12. August 1947 geboren«, sagte Vater. »Aber das müsstest du doch schon wissen.«

»Und wann ist der Klaff-Großvater aus Russland zurückgekommen?«

Für einen kurzen Moment hielt Vater die Augen geschlossen. Dann klappte er sein Rätselheft zu und drückte es uns in die Hand.

»Wirf das bitte ins Altpapier«, sagte er und ging nach oben, immer zwei Stufen auf einmal nehmend.

Sein Kugelschreiber klemmte noch zwischen den Seiten des Heftes.

UNSERE SCHWESTER HATTE den Klaff-Großvater nicht mehr kennengelernt, doch an die Klaff-Großmutter konnte sie sich lebhaft erinnern. Mit ihr gemeinsam hatte sie die Fische im Weiher gezählt, jedes Mal aufs Neue, wenn sie in Klaff zu Besuch gewesen war, 17, 16, 16, 12. Während Großmutter das Laub im Hof gekehrt hatte, war unsere Schwester zumeist auf dem Hackstock gesessen und hatte Strickmuster aus einer alten Handarbeitszeitschrift abgepaust. Einmal hatte Großmutter vorgezeigt, wie man eine Kuh melkt. Unsere Schwester hatte die Euter nur mit Handschuhen anfassen wollen, aber Großmutter hatte gesagt, das hätten die Kühe nicht gern. Unsere Schwester hatte geweint und am nächsten Tag hatte sie von Großmutter eine blaue Spielzeugangel geschenkt bekommen.

Wir erinnerten uns bloß daran, dass wir einmal mit der Klaff-Großmutter die Abendnachrichten geschaut hatten. Bilder einer großen Demonstration waren gezeigt worden: Menschen marschierten durch die Innenstadt der Hauptstadt, schwarze Lederjacken, rote Fahnen, wütende Gesichter, Gerangel mit Polizeikräften, ein eingeschlagenes Schaufenster. Die Klaff-Großmutter hatte den Kopf geschüttelt. »Lauter Russen.«

Zum Begräbnis der Klaff-Großmutter mussten wir ein Hemd tragen, das einem Cousin, den wir kaum kannten, zu klein geworden war. Als wir vor dem Schlafzimmerspiegel das T-Shirt auszogen, beäugte uns Mutter. Sie setzte sich aufs Ehebett, presste ihre Handballen gegen unsere Hüften, tastete mit den Daumen das Fleisch rund um den Nabel ab und seufzte: »Dein Vater und du, ihr habt eben eine schlaffe Bauchdecke.«

Wir stellten uns vor, wie unsere Haut verhärtet, zu einem Schuppenpanzer wird, der dem Druck von Mutters Berührungen nicht nachgibt.

»Aber wenn du so groß wie er wirst, fällt das nicht ins Gewicht«, sagte Mutter, knöpfte uns das Hemd zu, krempelte uns die Hosenbeine um und kämmte uns die Haare zu einem Seitenscheitel.

»Ist das ein Enkerl?«, fragten fremde Menschen unsere Eltern am Vorplatz der Kirche, ließen ihre Mundwinkel hängen, tätschelten unsere Wange, sprachen uns ihr Beileid aus. Der Wind drehte und der Wetterhahn auf dem Dach der Sakristei kreischte auf.

Als später ein Trauergast nach dem anderen ein Häufchen Erde auf den Sarg der Klaff-Großmutter warf, machte unsere Schwester einen Schritt nach vorne und hielt die blaue Spielzeugangel über das offene Grab. An einer dünnen Nylonschnur baumelte der Plastikhaken. Mutter zog unsere Schwester zurück.

Auf der Rückfahrt musste Vater tanken und stellte danach das Auto in der hintersten Ecke des Parkplatzes ab. Mutter hockte sich auf eine Bank und verbarg ihr Gesicht in den Händen. Wir setzten uns zu ihr und streichelten ihren Rücken. Unterdessen rammte unsere Schwester die Spielzeugangel in den Abfalleimer neben der Bank, stieg wieder ins Auto und schnallte sich an. Vater rauchte zwei Zigaretten in der Abendsonne.

»DER KLAFF-GROSSVATER«, sagte Mutter endlich, »hatte eine sehr schwere Lungenentzündung.«

Sie ergriff die beiden großen Holzgabeln, die in der Schüssel vor ihr steckten.

»Will noch jemand Salat?«

Wir klopften mit dem Löffel gegen die Tischkante. Einmal, zweimal, dreimal. Wir trommelten auf dem Gebetswürfel herum, schlugen gegen das Wasserglas, gegen die Salatschüssel, gegen die Schale mit den Heidelbeeren.

»Hör auf damit!«

Mutter riss uns den Löffel aus der Hand.

»Willst du nicht irgendwas spielen?«

Wir ahnten die Lüge.

Zu Kriegsbeginn hatte der Klaff-Großvater als *uk* gegolten, als unabkömmlich für den elterlichen Hof. Er wurde erst im Frühling 1941 eingezogen und diente danach in verschiedenen Einheiten an der deutsch-sowjetischen Front, geriet in Gefangenschaft, floh nach Kriegsende aus dem Lager und marschierte zu Fuß von Russland nach Hause. Als er ankam, war er abgemagert und einsilbig. Er entzog sich der Umarmung seiner Frau, trat in die Stube und leerte seine Manteltaschen aus: ein vereister Schneeball, zwanzig Schilling Handgeld, zehn Zigaretten und die Bescheinigung der Heimkehrerstelle: *entlaust und seuchenfrei*. Die Granatsplitter in der Schulter und seine Erinnerungen behielt er für sich. In den Jahren der Besatzung zerstachen Engelmacherinnen mit Stricknadeln die Fruchtblasen vergewaltigter Mädchen. Ein dürrer Ochse brach auf dem Feld zusammen und verreckte unter Großvaters Stockschlägen. Die abgetragenen Kleider der Erwachsenen wurden umgenäht für die Kleinen, einmal pro Woche Baden in der Scheune – erst die Eltern, danach die Kinder im selben Wasser. Der erste Traktor, die erste Melkmaschine, Stallbau, Erziehung durch Gürtel und Teppichklopfer, Mitte der Sechziger ein Badezimmer, Mitte der Siebziger ein hauseigener Fernseher. Am 27. Oktober 1976 erhängte sich der Klaff-Großvater im Stall. Gefunden wurde er von seiner ältesten Tochter, unserer Mutter. Sie stand im Mittelgang, zwischen brüllenden Kühen und rasselnden Ketten, und legte den Kopf in den Nacken.

DIE ORDENSFRAU BEUGTE sich zu uns herab.

»Ich bin Schwester Aloisia.«

Ihr Atem roch nach Knoblauch.

»Deine Mutter ist nur schnell beim Doktor. Du wirst sehen, sie ist im Nu zurück!«

Schwester Aloisia führte uns ins Spielzimmer des Kinderhorts. Neben einem Regal, in dem Bilderbücher mit dicken Kartonseiten standen, lehnte einsam ein Steckenpferd an der Wand. Zwei Buben saßen auf einem Kuhfell und stießen Dinosaurierfiguren gegeneinander. Ein Mädchen machte Brummgeräusche, während es mit einer Hand ein Spielzeugauto über den Vorhang gleiten ließ. Auf dem Türstock klebten Sticker mit den Zeichentrickhelden aus dem *Dschungelbuch*. Wir kratzten eine Weile an *Baghira* herum. Eine Dinosaurierfigur traf uns zwischen den Schulterblättern. Die Buben auf dem Kuhfell lachten. Schwester Aloisia drehte sich um und schmunzelte.

»Na, habt ihr es lustig miteinander?«

Wir gingen auf die andere Seite des Raumes und drückten die Stirn gegen einen Fensterrahmen. Farbe blätterte ab. Das Mädchen setzte das Spielzeugauto auf dem Fensterbrett ab, steckte sich einen Lacksplitter in den Mund und suchte mit herausgestreckter Zunge sein Spiegelbild im Glas. Schwester Aloisia stellte sich in die Mitte des Spielzimmers und verschränkte die Finger vor ihrem Bauch.

»Muss jemand aufs Klo?«

MUTTER HATTE EINE dünne, biegsame Metallplatte zwischen das Leintuch und die Matratze unseres Bettes geschoben. Aus der Platte führte ein Kabel zu einem Apparat auf dem Boden. Wurde die Platte nass, schlug der Apparat Alarm. Hielt die Blase in der Nacht den Harn nicht, wurden wir von einem Piepsen geweckt, das so schrill war, dass jedes Mal auch die Eltern und unsere Schwester davon erwachten. Der Apparat verhinderte nichts. Er brachte bloß vier Menschen um den Schlaf. Wir machten ins Bett, bis wir dreizehn waren. Niemals, wenn wir auswärts übernachteten.

»Am Muskel liegt es jedenfalls nicht«, sagte der Urologe.

Das Ultraschallbild zeigte eine Blasenwand, die stellenweise einen Zentimeter dick war.

»Hältst du untertags oft den Harn zurück?«

Wir zuckten mit den Achseln.

»Nein, das tut er nicht«, sagte Mutter.

Der Urologe gab uns einen Kalender mit. Darin sollten wir notieren, an welchen Tagen wir ins Bett machten und an welchen nicht, Stern, Minus, Minus, Stern, Minus, wie oft am Tag wir aufs Klo gingen und wie viel Harn wir dabei ließen. Er überreichte uns einen Messbecher, 150 ml, 400 ml, 250 ml. Von der Psychologin bekamen wir die Aufgabe, ein Bild anzufertigen, von uns und allem, womit wir Zeit verbrachten.

Daheim zeichneten wir mit Bleistift unseren Kopf in die Mitte eines weißen Blattes. Rundliches Gesicht, Seitenscheitel, schmaler Mund. Um den Kopf ordneten wir kleine Gedankenblasen an. In jede Gedankenblase zeichneten wir uns selbst in einem anderen Zusammenhang. Wir im Klassenzimmer. Wir mit Speedy vor dem offenen Käfig. Wir über ein dickes Buch gebeugt. Wir im Hort neben vier Dinosaurierfiguren. Wir in Großmutters Stube, ein Monster malend. Wir auf einem Bett, an dessen Unterseite große Tropfen austreten. Zuletzt zeichneten wir ein großes Pflaster auf die linke Wange unseres Selbstporträts. Mutter wurde gefragt, ob wir geschlagen würden.

Wir konnten uns lediglich an einen etwas festeren Klaps auf den Hintern erinnern. Wir spielten in der Sandkiste neben der Auffahrt. Irgendwann langweilte uns das Lego-Raumschiff und wir begannen Sand auf die Windschutzscheibe von Vaters Auto zu schaufeln. Mutter kam aus dem Haus und riss die Augen auf.

»Du bist wohl wahnsinnig geworden!«, rief sie und rannte mit erhobener Hand auf uns zu. Wir erschraken, drehten uns um und liefen los. Nach wenigen Schritten allerdings blieben wir stehen, verharrten mit hochgezogenen Schultern.

Der Schlag tat nicht weh und Mutter bereute ihn sofort. Wir trösteten sie. Vater sah fern.

»AIDS! AIDS!«, KREISCHTE ein Bub und pikste einem Mädchen mit einem Tintenkiller in den Rücken. Kurz darauf knallte ein Federpennal gegen die dunkelgrüne Tafel. Die Klasse war in hellem Aufruhr. Wir stützten die Arme auf dem Tisch ab, hielten uns die Ohren zu und schauten nach vorne zur Lehrerin. Die saß noch immer mit versteinerter Miene und verschränkten Armen hinter dem Pult und wartete darauf, dass die Klasse sich beruhigte. Als ihr Blick auf uns fiel, lächelte sie kurz.

»Aids!«, rief der Bub wieder und stach seinem Sitznachbarn mit einem Geodreieck in den Ellenbogen. Schallendes Gelächter.

Die Lehrerin stand endlich auf und schrie: »Haltet den Mund!«

Die Lehrerin, die Nachbarin, der Pfarrer, Mutter und Vater. Man lobte uns. Weil wir so folgsam und tüchtig und hilfsbereit waren. Weil wir schon so gut lesen und schreiben konnten. Weil wir so tolle bunte Bilder malten und uns Bibelverse merkten. Wir hätten uns nicht gewundert, wäre eines Abends ein Engel durchs Fenster in unser Zimmer geschwebt, um uns zu eröffnen, dass wir Gottes Sohn sind. Wir hätten ihn bloß gefragt, was genau unsere Aufgabe ist.

»ICH BIN EIN Haifisch«, sagte unsere Schwester, rückte dicht an uns heran und machte ihren Mund weit auf. Sie hatte einen Zahn zu viel. Einer ihrer Eckzähne hatte sich in zweiter Reihe eingeordnet, anstatt den Milchzahn zu verdrängen.

»Und du bist ein Delfin«, sagte sie, bevor sie sich wieder ihren Stofftieren zuwandte.

Hinter uns raschelte es im Stroh. Speedy nuckelte an der Wasserflasche.

»Warum?«, fragten wir.

Unsere Schwester stellte ihre Stofftiere in Stirnreihe auf und ließ den Haken ihrer blauen Spielzeugangel vor den Knopfaugen eines Teddybären baumeln.

»Weil ich es sage.«

Wir malten uns aus, wir wären ein Delfin. Einer, der so tut, als wäre er ein Schwarm von kleinen Delfinen.

DIE KINDER DER Siedlung spielten Fußball auf der Spielplatzwiese, die hundert Meter vom Haus entfernt lag, auf halbem Weg zwischen Garten und Fluss. Sie spielten, bis es dunkel wurde. Wir hingegen sollten um 16 Uhr zu Hause sein.

»Weil ich es so will«, sagte Mutter.

Wir fügten uns. Aber die anderen Kinder gaben nicht auf. Ohne uns waren sie eine ungerade Anzahl.

»Warum darf er nicht so lange spielen wie –«

»Weil ich es nicht will!«

Mutter fasste den Ärmel unseres Maradona-Trikots, zog uns zu sich ins Haus und drückte die Tür ins Schloss. Vater rief aus dem Wohnzimmer: »Lass ihn doch mit den anderen spielen! Wenn der Bub sich nicht bewegt, wird er noch zum Fass.«

Als Vater uns zum ersten Mal sah, soll er gesagt haben: »Na, den traue ich mich auch anzugreifen.«

4650 Gramm. Bei unserer Geburt waren wir das schwerste Kind der Station. Unsere Schwester war weniger robust auf die Welt gekommen. Sie hatte ihre ersten Tage in einem Inkubator verbracht. Als Kind hatte sie die Dinge kaum berührt. Über Stunden hinweg war es ihr genug gewesen, in einer Ecke zu sitzen. Manchmal hatte sie mit einem Zirkel gespielt oder Konservendosen gestapelt. In späteren Jahren lernte sie Schacheröffnungen. Auf ihrer Blockflöte trug sie nur widerwillig Lieder vor. Lieber spielte sie Tonleitern auf und ab oder stoppte, wie lange sie eine einzelne Note halten konnte. Oft schaute sie bloß, und niemand konnte sagen, wohin. In die Augen von Menschen blickte sie so gut wie nie.

»Du spürst sie kaum«, meinte Mutter oft. »Sie geht im Haus herum wie ein Geist.«

NEBEN DEM WALDWEG glitzerte ein Rinnsal. Wir streckten im Gehen den Arm aus, streiften mit den Fingerkuppen über Farnblätter, Tannenzapfen, rote Beeren.

»Das sind Vogelbeeren«, sagte Mutter. »Die darf man nicht essen. Die sind giftig.«

Unsere Schwester eilte voraus.

»Komm jetzt«, sagte Mutter und nahm unsere Hand. »Großmutter wartet schon mit den Palatschinken auf dich. Und ich muss wieder zurück nach Hause und deine Schwester noch in die Musikschule bringen.«

Unsere Schwester hielt plötzlich an.

»Dort oben ist der Aschbach-Großvater verrückt geworden«, sagte sie und deutete den Hang hinauf. Wir konnten dort oben nur Felsen und Brennnesseln erkennen.

»Halt den Mund!«, rief Mutter. »Du machst deinem Bruder doch Angst!«

Unsere Schwester ballte ihre Fäuste und stapfte weiter, murmelte aufgeregt vor sich hin, doch wir konnten kein Wort verstehen. Mutter drückte unsere Hand.

»Großvater war nicht verrückt«, sagte sie.

»Was ist da oben?«, fragten wir Mutter.

»Nichts«, sagte sie. »Da ist nur Wald.«

In Aschbach schliefen wir bei offenem Fenster unter einer dicken Tuchent. Die Matratze war durchgelegen und das Bettgestell quietschte bei der geringsten Bewegung. Der Wind blähte die Vorhänge. Sprühregen. Der Lampenschirm schwankte. Ein Keramikengel ging zu Bruch. Ein Blitz erhellte den Raum, das lange Messer mit dem Hirschhorngriff schien sich von der Wand zu lösen. Wir zogen die Tuchent über den Kopf. *Ein anderes Tier stieg aus der Erde herauf. Es hatte zwei Hörner wie ein Lamm, aber es redete wie ein Drache.*

DIE MITSCHÜLER PRUSTETEN los, die Lehrerin ermahnte uns lautstark: »So nicht, mein Lieber! Was glaubst du, wo du hier bist?«

Wir wussten nicht, was wir falsch gemacht hatten, stammelten, bekamen kaum Luft. In der Pause sperrten wir uns auf der Toilette ein und kratzten uns, bis die Schulglocke zum Beginn der nächsten Stunde läutete.

Daheim küsste Mutter die wunden Stellen, schmierte unsere Arme mit Pflegecreme ein und bereitete einen Bananensplit für uns zu.

»Weißt du«, sagte sie, während wir die letzten Reste der Schokoladensauce vom Tellerrand schabten, »man rülpst nicht, wenn andere dabei sind. Das ist unhöflich.«

Wir durften die Blätter des Philodendrons mit der Sprühflasche befeuchten und danach ins Zimmer unserer Schwester gehen, um dort Speedy mit dem Zeigefinger über den Kopf zu streicheln. Wir nahmen den Stehkalender zur Hand, den Vater uns aus dem Büro mitgebracht hatte, und trugen darin sorgfältig den Stundenplan für den Rest des Semesters ein. Den knallroten Zug auf der ersten Seite des Kalenders übermalten wir mit einem Gorilla, dessen Maul größer als der Rest seines Körpers ist. *Krullax* treibt sein Unwesen im *Wimmermoor*.

DIE ASCHBACH-GROSSMUTTER saß in der Stube vor dem Mostkrug und schnarchte leise. Als wir über den knarzenden Holzboden auf sie zugingen, öffnete sie die Augen. Wir zeigten ihr, was wir unter der Dachbodenstiege gefunden hatten.

»Das ist ein Bowlingkegel«, sagte sie. »Wo kommt denn der her?«

Sie ergriff den Kegel und musterte ihn. Wir stopften den Putzfetzen, in den der Kegel eingeschlagen gewesen war, in die Hosentasche.

»Warst du heimlich im Wald?«, fragte Großmutter.

Wir verstanden die Frage nicht, schüttelten den Kopf.

»Unsereins spielt kein Bowling«, sagte Großmutter. »Das spielen nur Amerikaner.«

Ächzend erhob sie sich und warf den Kegel in die Glut. Funken schwebten durch die Stube. Das Ofentürchen quietschte, als Großmutter es schloss.

»Was wir machen, das heißt Kegeln«, sagte Großmutter, kämpfte kurz mit ihrem Gleichgewicht, setzte sich wieder auf ihren Stuhl und schenkte sich randvoll Most ein.

»Neun Kegel sind genug«, sagte sie, kicherte und nahm einen großen Schluck.

Uns schossen Tränen in die Augen.

Am Abend durften wir Zweige mit einem Taschenmesser anspitzen. Großmutter schnitt die Knackwürste ein und zeigte uns am Sternenhimmel den Gürtel des Orion und das W der Kassiopeia. Ihr Gesicht flackerte im Schein des Lagerfeuers.

Zwei Tage später knieten wir vor einer roten Schale voller Playmobil im Hof. Großmutter trat aus dem Haus. »Um sechs holt dich dein Vater ab«, sagte sie. Ihre Holzpantoffeln klapperten bei jedem Schritt. Eine Weile sah sie uns zu, wie wir die Playmobilmännchen auf einem Riss im Beton postierten. Dann bückte sie sich und stellte die

Figur, die wir gerade zurück in die Schale gelegt hatten, wieder vor uns hin. Der Figur fehlte ein Arm.

»Man muss auch mit Behinderten spielen.«

Eine rostige Eisenstange ragte aus dem Wasser, von Seerosen umringt. Auf einem Stein hockte reglos eine schlammfarbene Kröte. Zwei Steine weiter saß der Kater, mit zuckendem Schwanz und aufgerichteten Ohren. Er beobachtete die Wasserhüpfer, die mit jedem ihrer Sprünge feine Wellenkreise lostraten. Es sah aus, als würde es regnen. Wir ließen uns auf dem Tischtuch nieder, das Großmutter auf dem Steg ausgebreitet hatte.

»Aber fall mir ja nicht in den Tümpel«, sagte sie, verließ den Garten, zog das Gatter zu und verschwand hinter der Hausecke.

Eine Weile befühlten wir die Rillen im Stegholz. Wir bemerkten, dass die Kröte ein Bein vor das andere gesetzt hatte. Von fern kam das Plätschern der Bäche und wir hörten darin die Stimmen von Frauen und Kindern, einen Traktor, Blasmusik, das Zischeln einer Schlange.

Wir erwachten. Immer noch lagen wir auf dem Tischtuch vor dem Tümpel, doch unser Kopf ruhte nun auf einem Polster und ein grober Leinenvorhang bedeckte uns. Wir schlugen den Stoff zur Seite und kratzten uns an den Schienbeinen.

Wir liefen durch den Garten, kletterten auf den weißen Findling, warfen den Putzfetzen in die Luft und fingen ihn wieder, umrundeten den Tümpel, hüpften von Trittstein zu Trittstein, bis wir das Gatter erreichten. Dort brockten wir ein paar Walderdbeeren und kehrten in den Hof zurück. Der Kater wärmte sich auf dem Misthaufen den Bauch. Wir gingen in die Scheune und stellten uns tot.

Unsere Schwester zeichnete gerade das Muster des Teppichs ab, als wir ihr Zimmer betraten. Ein schmales Rahmenband, Zackenlinien, Dreiecke, im Zentrum eine flache Raute. Langsam tastete sich ein Weberknecht über das Poster, das die Werte und Zugformen der Schachfiguren erklärte. Speedy lag rücklings im Käfig und rührte sich nicht. Seine Schnauze stand offen. Napf und Trinkflasche waren leer, das Stroh dunkel und klebrig. Unsere Schwester erhob sich, legte Block und Kugelschreiber parallel zueinander auf ihren Schreibtisch.

»Hattest du eine gute Zeit bei Großmutter?«, fragte sie und verließ das Zimmer.

WIR VERSPÜRTEN DRUCK in der Brust und in den Ohren setzte ein Rauschen ein, das erst nach Stunden abklang. So gut wir konnten, beschrieben wir Mutter, was wir empfanden: »Hühnerfleisch macht da alles schwer und eng und dann kommt es bei den Ohren heraus.«

Mutter zerzauste uns die Haare.

Tags darauf stellte unsere Tante einen dampfenden Teller vor uns hin und sagte: »Lass es dir schmecken!«

Mutter fügte hinzu: »Das ist Kalbsragout. Ganz was Feines!«

In der Küche unserer Tante hingen zwei gerahmte Fotografien. Die eine zeigte einen Sternennebel, die andere einen tibetischen Mönch mit tiefen Lachfalten. Nach drei Bissen fühlten wir, wie der Druck in der Brust stärker wurde. Wir wollten unsere Tante nicht beleidigen. Wir wollten unsere Mutter nicht beschämen. Wir aßen auf.

»Und? Hat es dir geschmeckt?«, fragte unsere Tante.

»Ja«, pressten wir hervor.

»Und weißt du was?«, sagte Mutter. »Das war Hühnchen.«

UM DEN KLEINEN grünen Tisch waren Plastikhocker angeordnet: vier große Fliegenpilze.

»Steh auf«, sagte unsere Schwester.

Wir nahmen unser Heft, gingen ein Stück durch die Wiese und ließen uns auf dem Rand der Sandkiste nieder. Unsere Schwester umrundete die Fliegenpilzhocker und zählte die weißen Punkte auf den roten Sitzflächen. Immer und immer wieder. Wir schrieben unterdessen einen Brief an uns selbst. Dass wir alt genug sein wollen, um alleine auf den Spielplatz zu gehen. Dass Vater ein gebückter Riese ist und gelbe Zähne hat. Dass die Drachen in der Bibel kein Feuer spucken. Dass wir in der Speisekammer einen Papiersack mit harten Brotwürfeln entdeckt haben, und Mutter heute mit uns Enten füttern geht. Dass Mutter große Angst hat dick zu werden, aber keine Angst zu verhungern. Dass unsere Tante gesagt hat, dass wir im Sternzeichen Stier sind. Dass Stier ein Erdsternzeichen ist. Dass Speedy so groß wie ein Stier sein wird, wenn er zurückkommt, um Rache zu üben.

»Zweimal zwölf und zweimal vierzehn«, sagte unsere Schwester. »Zweiundfünfzig.«

KLUMPEN FÜR KLUMPEN zog Mutter aus der Waschmaschine.

»Fertig«, sagte sie und wischte sich an ihrem Rock ab. Sie blieb auf dem Schemel sitzen und starrte in die Trommel. Wir griffen nach den Henkeln der Zinkwanne.

»Lass nur«, sagte Mutter. »Mama macht das schon.«

Sie begann zu weinen. Wir streichelten sie, spürten die Wirbelsäule durch den Stoff ihrer Bluse. Mutters Körper bebte.

»Ich fühle mich wie hinter Glas«, sagte sie und drosch die Tür der Waschmaschine zu.

Wir weinten auch. Wenn uns die Lehrerin zurechtwies, wenn wir uns im Garten an der Buchenrinde die Handflächen aufschürften, wenn wir auf dem Schotterweg stürzten. Man wunderte sich über unsere Tränen, die vielen Tränen. Andere Kinder verlachten uns, nannten uns ein kleines Baby, eine Mimose. Wir weinten nie, wenn Mutter uns bat, noch ein wenig bei ihr zu bleiben.

»ACHTUNG, DAS BRENNT jetzt ein bisschen«, sagte unsere Tante, »aber du bist ja schon groß und stark, nicht wahr?«

Sie kniete sich vor uns hin, desinfizierte die Wunden an unseren Knien und bedeckte sie mit bunten Pflastern. Das Brennen wich allmählich einem dumpfen Pochen. Hinter unserer Tante saß unsere Schwester und übermalte alle Seiten eines Zauberwürfels mit schwarzem Lackstift. Als kein Fleckchen Farbe mehr zu sehen war, setzte sie den Würfel in den leeren Mäusekäfig und zog die Einweghandschuhe ab. Unsere Tante verschloss die Hausapotheke und richtete sich auf.

»War gar nicht schlimm, oder?«

SCHWESTER ALOISIA BEFAND, dass die Actionfiguren, die der Bub mit der Igelfrisur von zu Hause mitgebracht hatte, zu furchterregend aussahen.

»Die bekommst du nachher wieder«, sagte sie und nahm *Skeletor* und *Battle Cat* an sich. Während Schwester Aloisia sich streckte, um die Figuren auf ein Regalbrett zu stellen, packte der Bub das Steckenpferd und brüllte es an: »Du dummes Scheißertier, du bist so dumm, du bist so dumm wie ein Schwein!«

Schwester Aloisia kam zu spät. Das Steckenpferd wurde gegen einen Bettpfosten gedroschen und krachend enthauptet.

»Du dummes Scheißerschwein!«

Schwester Aloisia zog den Buben am Ohr und verschwand mit ihm in der Garderobe des Horts.

»Ich bin sehr gespannt, was deine Mutter dazu sagen wird!«

Die weiße Tür dämpfte das Kreischen des Buben ab.

»Wendolin freut sich sicher, dass du so lieb zu ihm bist«, sagte Schwester Aloisia, legte ihre raue Hand in unseren Nacken und lächelte.

Wir hockten auf dem Kuhfell und kraulten die Wollmähne des Steckenpferdes. Unsere Finger waren übersät mit grauen und gelben Filzstiftstrichen. Wir hatten gerade einen Zyklopen gemalt, dessen Pelz aus Metallspänen und Sonnenlicht besteht. Um den Hals des Steckenpferdes war eine dicke Schicht aus Klebeband gewickelt.

»Ist Wendolin nicht tot?«, fragten wir.

MUTTER RUHTE AUF dem Sofa. Vater hatte die Fernbedienung in der Hand. Rings um die Obstschale stapelten sich alte Zeitungen. Auf dem Parkett lag ein loses Blatt mit einem Kreuzworträtsel. Vater hatte Drudensterne in die Kästchen der obersten Reihe gekritzelt.

Wir saßen auf einem zerschlissenen Fauteuil zwischen unseren Eltern und verfolgten, wie Vater alle fünf Sekunden auf einen neuen Sender umschaltete. Irgendwann begannen Mutters Lippen zu zittern, sie griff sich an die Stirn, schluchzte laut auf. Es schnürte uns die Kehle zu. Wir sind nicht alleine mit Mutter, sagten wir uns, Vater ist da. Er wird sich um sie kümmern. Vater starrte auf den Fernseher, drückte auf irgendeine Ziffer der Fernbedienung, das Bild wurde kurz schwarz.

»Wird schon wieder«, sagte er.

Der Arzt hatte es bereits mehrfach mit Nachdruck empfohlen und Mutter wochenlang mit der Entscheidung gehadert. Nie wieder hatte sie in die geschlossene Abteilung gewollt. Mit geröteten Augen stieg sie zu Vater ins Auto. Wir sperrten die Haustür ab, ließen uns im Keller ein Bad ein, lagen bei Kerzenschein im warmen Wasser. Ab und an holten wir Luft, tauchten mit dem Kopf unter, sprachen blubbernd ein Wort aus. *Fell. Welle. Delfin.* Die Haut an den Fingerkuppen wurde schrumpelig. Wir hörten, wie die Haustür geöffnet wurde. Mutters Stimme. Schritte auf der Stiege. Mutter öffnete die Tür zum Badezimmer und schaltete das Licht an.

»Ihr braucht mich doch!«

Unsere Schwester war mit ihrer Klasse in Rom.

Tief in der Nacht gingen wir in den Keller hinunter und legten uns mit einem Schlafsack in die leere Badewanne. Unser eigenes Kratzen weckte uns. Wir hielten unsere Unterarme in das Licht der Leuchtstoffröhre. Striemen, rot und feucht, von den Ellenbeugen bis zu den Handgelenken. Wir stiegen aus der Wanne, stellten uns vor das Waschbecken und ließen kaltes Wasser über die Arme laufen. Das betäubte den Juckreiz für einige Minuten. Danach legten wir uns wieder in die Wanne, deckten uns mit dem Schlafsack zu und versuchten einzuschlafen. Bis wir den Juckreiz erneut spürten, aufstanden, den Wasserhahn aufdrehten.

Mutter saß mit verschränkten Armen am Frühstückstisch und beobachtete uns. Die Marmeladesemmel, die sie uns gemacht hatte, rutschte uns aus der Hand, der Teller schepperte.

Mutter sagte: »Ich gebe dir zehn Schilling für jeden Fingernagel, den ich dir abschneiden kann.«

AUF DEM PFARRFLOHMARKT in Aschbach entdeckten wir ein abgegriffenes Comicheft. Wir baten Großmutter um Geld.

»Freilich«, sagte sie. »Aber zeig das deiner Mutter nicht, verstanden?«

Wolverine konnte nicht fliegen, aber war sehr stark. Attackierte ihn ein böser Mutant, ließ er lange Metallkrallen aus seinen Handrücken hervorschnellen, und seine Wunden verheilten enorm rasch, ganz von alleine. Wenn wir *Wolverine* malten, verwendeten wir für seinen Anzug Gelb und Rot, obwohl er im Heft gelb und blau war. Unsere Schwester verwendete für ihre Bilder ausschließlich schwarze Kugelschreiber und zeichnete nichts als geometrische Muster.

LILA. BRAUN. TÜRKIS. Wir spitzten Buntstifte.

»Hör auf«, sagte unsere Schwester.

Wir führten den nächsten Stift in den Dosenspitzer ein und drehten ihn langsam. Grün. Unsere Schwester hielt sich die Ohren zu.

»Hör auf!«

Grau.

»Alles ist gut, alles ist gut«, raunte sie und lief aus dem Zimmer.

Wir schoben den Spitzer zur Seite. Der graue Stift steckte noch darin. Es war mit einem Mal so ruhig, dass wir das Gurgeln in den Heizungsrohren wahrnahmen. Das Ticken der Uhr auf dem Gang.

»NICHT SCHON WIEDER!«, rief Mutter. »Der Gameboy? Der hat 1500 Schilling gekostet.« Sie schüttelte den Kopf. »Du musst besser auf dein Zeug aufpassen!«

Wir hatten den Handarbeitskoffer im Werksaal liegen lassen, die neue Jeansjacke im Hort, die Schienbeinschoner neben dem Flutlichtmasten.

»Dein Vater verdient nicht so viel wie andere Väter«, sagte Mutter, setzte sich auf einen Stuhl vor die Balkontür unseres Zimmers und betete zum Heiligen Antonius. Wir suchten einstweilen weiter nach dem Gameboy. Nach einer Viertelstunde fanden wir ihn unter dem *Wolverine*-Comic.

»Danke, Heiliger Antonius!«, sagte Mutter und: »Was ist denn das für ein Heft?«

»Das ist *Wolverine*«, sagten wir, während Mutter den Comic durchblätterte. »Der ist sehr stark und kämpft für –«

»Das ist viel zu brutal für dich.«

»WANN BEKOMMT MAN Muskeln?«, fragten wir Vater.

»Du hast doch schon welche«, sagte er, ohne seinen Blick vom Kreuzworträtsel zu lösen.

Er zündete sich eine Zigarette an.

»Und wann bekommt man einen Bart?«, fragten wir.

Vater nahm einen tiefen Zug und wandte sich uns zu.

»Da hast du noch Zeit.«

Vaters Atem stank nach Rauch, wir rückten ein Stück weg von ihm.

»In der Klasse sagen sie, dass man einen Bart bekommt, wenn man sich rasiert«, sagten wir.

»Ja, und?«, fragte Vater.

»Wenn man keinen Bart hat, was rasiert man dann?«, fragten wir.

Vater klopfte Asche in den Aschenbecher.

»Deiner Mutter geht es nicht so gut«, sagte er. »Morgen nach der Schule bringe ich dich nach Aschbach. Großmutter freut sich schon auf dich.«

WÄHREND GROSSMUTTER MIT einer Näharbeit im Hof saß, löffelten wir heimlich kalte Erdäpfelsuppe. Wir kosteten auch das harte Brot, das Großmutter jeden Abend aß, doch wir konnten die Rinde nicht zerbeißen und warfen die angespeichelte Scheibe in den Ofen. Danach kletterten wir über die steile Holzstiege hoch auf den Dachboden. Im Lichtkegel der Taschenlampe erschien ein Schaukelpferd, ein verwurmtes, stoffgepolstertes Gestell mit rot lackierter Mähne und aufgenähten Tränen. Wir kauerten unter Spinnweben, umklammerten einen Dreiradler. Dumpf drangen Großmutters Rufe aus dem Erdgeschoß herauf. Es wurde kälter. Wenn das Pferd doch endlich woanders hingeschaut hätte.

»Kannst du wirklich schlechte Träume machen?«, fragten wir die Aschbach-Großmutter.

Die rückte den Mostkrug in die Mitte des Tisches und sagte: »Den Blödsinn hast du von deiner Mutter, oder?«

Wir legten die Ölkreiden zurück ins Blechetui und ließen es zuschnappen.

»Nein, ich kann keine schlechten Träume machen. Ich habe dir nur vom Krieg erzählt. Aber das darf ich jetzt nicht mehr.«

Gegen Kriegsende waren amerikanische Panzer über die bayerische Grenze ins Land gerollt. Die Wehrmacht hatte in der Nähe von Aschbach ein Lager gehabt. Zwei Dutzend dürftig bewaffnete Soldaten – überwiegend Buben der Hitlerjugend – hatten den Befehl bekommen, die Stellung zu halten, und befolgten ihn. Ein verwundeter Bursche lag auf dem Feld und feuerte schreiend seine letzten Kugeln auf einen herannahenden Panzer. Der Panzer begrub ihn unter sich, blieb abrupt stehen, wendete auf dem Soldaten, wodurch dessen Körper zermalmt wurde, und fuhr dann zurück auf die Straße.

»Graust dir etwa?«, fragte Mutter.

»Nein«, sagten wir.

Mutter saß mit geöffnetem BH neben dem Philoden-dron und zupfte sich Haare aus dem Gesicht. Aus den Brauen, aus dem Kinn. Die ausgezupften Haare streifte sie am Rand des Handspiegels von der Pinzette ab. Wir schmierten währenddessen ihren Rücken mit Johannis-krautöl ein. Zweimal zwölf. Gleich ist es vorbei.

KURZ NACHDEM DIE Urzeitkrebse tatsächlich geschlüpft waren, ließ unsere Schwester eine Schlaftablette in den gläsernen Wasserkrug fallen und tötete dadurch alles Leben darin. Sie setzte sich wieder auf den Boden des Wohnzimmers und beugte sich über das Puzzle, das *Pinocchio* und *Geppetto* im Bauch des Wales zeigte. Das Plastikschwert traf den Scheitel unserer Schwester mit der größten Wucht, zu der wir im Stande waren. Mutter war fassungslos, zerriss vor unseren Augen das *Yps*-Magazin, dem die Urzeitkrebse beigelegen hatten. Unsere Schwester trug ihre Narbe später gut verborgen unter blonden Locken.

Wir hatten bereits den Pyjama an, als unsere Tante ins Zimmer kam. Sie massierte unsere Füße und flüsterte Mutter zu, was die Linien und Falten auf den Sohlen zu bedeuten hätten.

»Der Harmoniebogen hier ... die Säure dominiert ... zu viel Erdelement ... Hornhaut im Seelenbereich.«

Mutter nickte und biss sich auf die Unterlippe. Unsere Tante küsste uns auf die Stirn, steckte ein Räucherstäbchen in die Kaktuserde und ging. Bevor Mutter das Licht in unserem Zimmer abdrehte, streichelte sie unsere Wange und sang dabei: »Guten Abend, gut' Nacht, mit Rosen bedacht, mit Näglein besteckt, schlupf unter die Deck': Morgen früh, wenn Gott will, wirst du wieder geweckt.«

Als wir alleine waren, zogen wir das Pyjamaoberteil aus und tasteten in der Dunkelheit nach dem Maradona-Trikot. Wir wollten nicht wahrhaben, dass es uns nicht mehr passte, und zwängten uns hinein.

»Das ist die Haut einer Blindschleiche«, antwortete Vater.

Wir betrachteten die fein geschuppten, durchsichtigen Fetzen und Wülste, die am Rand des asphaltierten Uferwegs schillerten.

»Ist die jetzt ein Schmetterling?«, fragten wir.

Vater lächelte und nahm auf einer Bank Platz.

»Nein, die ist jetzt eine Blindschleiche. Nach wie vor.«

»Bleib vom Wasser weg«, sagte Mutter zu uns und setzte sich zu Vater.

Die beiden führten ihr Gespräch fort. Wir hörten, dass die Mauer gefallen ist, aber wussten nicht, was das bedeutete. Wir fragten uns, wie ein Krieg kalt sein kann. Drei Radfahrer in pinken Sportjacken sausten vorüber. Wir schauten nach links und rechts, schlurften über den Asphalt, hockten uns auf einen der steinernen Poller und spielten mit den mitgebrachten Matrjoschkas. Die kleinste Matrjoschka war die einzige, die unteilbar, die einzige, die nicht hohl war. Nach und nach ließen wir all die kleineren Matrjoschkas wieder in der größten verschwinden. Die lag nun in unserer Hand wie ein Bowlingkegel. Das Holz war warm und klebte an den Fingern. Die Bemalung glänzte in Apfelfarben. Mutter und Vater sprachen angeregt miteinander. Wir schleuderten die Matrjoschka weg, sie überschlug sich mehrmals in der Luft und platschte ins braune Flusswasser.

»War das deine Puppe?«, rief Mutter hinter uns.

Eine Krähe landete neben uns. Sie stolzierte mit aschgrauen Beinen über den Uferweg und wippte dabei beständig mit dem Kopf.

»Ob das deine Puppe war!«

GROSSMUTTER STACH EINEN letzten Stern aus dem
Keksteig, platzierte ihn auf dem Backpapier und schob
das Blech in den Ofen. Wir blickten auf den Teller Rinds-
suppe vor uns, stellten uns vor, die Fritatten darin wären
betäubte Seeschlangen und unser Löffel das Ruder eines
Bootes.

»Zu meiner Zeit hat man Nägelbeißern Hühnerdreck
auf die Nägel geschmiert«, sagte die Aschbach-Großmutter.

Wir legten den Löffel am Rand des Suppentellers ab
und unsere Hände in den Schoß. Großmutter tupfte ihre
Stirn mit einem Stofftaschentuch ab.

»Aber du brauchst keine Angst zu haben«, sagte sie
und kicherte. »Meine Zeit ist schon vorbei.«

Vor dem Stubenfenster glitt ein Schatten langsam und
lautlos über die angeschneite Wiese. Der Kater pirschte
sich an. Woran, konnten wir nicht erkennen.

»BITTE, MACH, DASS es ihr besser geht«, flüsterten wir vor uns hin, während wir über den vereisten Schotterweg nach Hause trotteten. Vor der Haustür zogen wir die Riemen der Schultasche straff und drückten auf die Klingel. Es dauerte zu lange. Mutter öffnete, bemühte sich zu lächeln, schloss die Tür hinter uns, schleppte sich aus dem Vorraum. Im Haus roch es nach abgestandenem Bratfett. Wir stellten die Winterschuhe auf die Abtropftasse, gingen ins Wohnzimmer, kippten ein Fenster und setzten uns zu Mutter, die auf dem Sofa lag. Ihre Wangen waren feucht. Wir sagten Mutter, dass es wieder gut wird. Wir sagten ihr, dass Vater für sie da ist und dass unsere Schwester für sie da ist und dass wir für sie da sind. Draußen trieb der Wind Schneekristalle über die Beete. Durch das gekippte Fenster drangen Geräusche aus dem Garten der Nachbarin herein, zwei Frauenstimmen, Geklapper im Geräteschuppen, verrauschte Akkordeonmusik.

»Ich konnte dich und deine Schwester nicht stillen«, sagte Mutter. »Über die Muttermilch hättet ihr Psychopharmaka aufgenommen.«

Als sie aufhörte zu weinen, war es kalt im Zimmer. Mutter schnäuzte sich. Wir schlossen das Fenster. Die Akkordeonklänge brachen ab.

»Danke«, hauchte Mutter. »Du bist so ein liebes Kind. Geh jetzt hoch. Mach deine Hausübung.«

Wir fanden Vaters Bibel in der obersten Lade der Schlafzimmerkommode, gemeinsam mit verschiedenen Tablettenschachteln, Mutters Tagebüchern und einem Rätselheft. Alle Sätze der Bibel, in der ein Drache vorkommt, unterstrichen wir rot. Die Sätze, in der ein Löwe erwähnt wird, wollten wir gelb unterstreichen. Doch dann hörten wir Vaters Auto in der Auffahrt, legten die Bibel zurück und sammelten unsere Buntstifte ein.

Spätabends kam Vater in unser Zimmer.

»Das ist jetzt deine«, sagte er und knallte seine Bibel auf den Schreibtisch.

Wir schraken hoch.
»Da kannst du jetzt hineinkritzeln, so viel du willst.«

Wir sperrten alle unsere Stofftiere in den Schrank. Den weinroten Teddybären, Kermit, den Frosch, Wauzi 1, Wauzi 2, Wauzi 3. Wir wollten glatte, kühle Oberflächen gegen unsere erhitzte Haut drücken. Wir wünschten uns dachbodenkalte Bowlingkegel und Eiszapfen und Mineralwasserflaschen. Gebt uns einen großen, schwarzen Eisenwürfel.

ZWEI HORTKINDER RANNTEN um den großen Tisch. Erwischte das eine das andere, kitzelten sie einander. Sie pressten die Arme an die Seiten und das Kinn gegen die Brust, wanden sich, kicherten. Wir wollten mitspielen.

»Hör auf, das tut weh!«

Schwester Aloisia fasste uns an den Schultern und schubste uns sanft zurück in Richtung Puppenecke. Wir nahmen die Dinosaurierfiguren aus dem Regal und postierten sie auf dem kleinen Tisch. Der auf zwei Beinen war böse. Seine Attacke überraschte den mit den Flügeln im Schlaf. Der mit dem langen Hals kam seinem Freund zu Hilfe, aber wurde schwer am Hals verletzt. Der mit dem Nackenschild und den Hörnern rammte den Bösen und stieß ihn über den Rand des Tisches. Wir spielten am liebsten mit dem Dinosaurier mit dem Nackenschild und den Hörnern. Er aß nur Pflanzen, aber war unbesiegbar. Er war kompakt, schwer gepanzert, ein guter Krieger. Niemand konnte ihn in den Hals beißen, nichts konnte ihn umwerfen. Er stand fest auf der Erde.

EINES TAGES BRACHEN wir ein ungeschriebenes Gesetz. Wir hörten, dass Mutter zu weinen begann. Doch diesmal gingen wir nicht hinunter. Leise schlossen wir die Tür unseres Zimmers und schalteten das Radio an.

Keine Minute später klingelte das Telefon. Wir schalteten das Radio aus, lauschten. Das Klingeln riss ab. Wir öffneten die Tür. Mutter sagte gerade: »Aber er tut so, als würde er mich nicht hören.«

»Mama!«

Wir stolperten auf den Gang hinaus. Statt zu antworten, rang Mutter lautstark nach Luft. Wir rannten die Stiege hinab. Aus Mutters Weinen wurde ein Schrei und plötzlich ertönte klirrender Krach. Wir hatten das Ende der Stiege erreicht, bogen um die Ecke ins Wohnzimmer. Der Telefonhörer hing von der Kredenz herab. Das Sofa war leer. Mutter kauerte auf dem Boden, inmitten von Scherben, blutige Hände vorm Gesicht. Schnee wehte auf das Parkett. *Durch meine Schuld.* Mutter hatte das Fenster zum Garten eingeschlagen. *Durch meine Schuld.*

Zwei Hörner brachen aus unserer Kopfhaut, ein drittes Horn entwuchs dem Nasenrücken, und die Hinterseite unseres Schädels verformte sich zu einem breiten, massiven Schild. Unser Kopf wurde schwerer und schwerer, wir kippten vornüber, landeten auf allen vieren, keuchten. Durch unsere große Schuld.

WÄHREND WIR VERSUCHTEN, den Teller mit dem wässrigen Cremespinat auszulöffeln, ließ die Aschbach-Großmutter den Fliegenpracker gegen die Herdplatten klatschen.

»Kaum ist der Schnee weg, kommen die Fliegen«, sagte sie und schlug gegen den Tisch, gegen die Fensterscheibe, noch einmal gegen die Herdplatten. Wir wollten aus der Küche laufen, rutschten jedoch auf einem Häufchen Sägemehl aus und lagen plötzlich bäuchlings neben der Feuerholzkiste. Wir weinten los.

»Da hat dein Großvater auch mal gelegen«, sagte Großmutter und beugte sich zu uns herunter. »Fast eine Stunde. Weil der Türstopper genau in seinen Nabel gepasst hat.«

Sie lachte kurz auf und gab uns dann mit dem Fliegenpracker einen Klaps auf den Hintern.

»Komm jetzt. Kriegst einen Schokohasen.«

Der Aschbach-Großvater war zwar unnahbar und starrköpfig gewesen, aber ein geschickter Schlosser, zudem schlau und groß gewachsen. Als er mit achtzehn Jahren an die Front berufen wurde, war er bereits mit Großmutter verlobt. 1946 kam ein amerikanischer Soldat nach Klaff, um ihn zu besuchen. Das befeuerte ein Gerücht, das schon zuvor im Dorf kursiert hatte. Großmutter wusste nur wenig darüber, was Großvater im Krieg erlebt und getan hatte. Aber als man anfing, ihn Wehrkraftzersetzer und Verräter zu schimpfen, nannte sie ihn anständig und tapfer. Großvater ließ die Leute reden und arbeitete, tagsüber im Stall und auf dem Feld, abends in der Werkstatt, er hielt die Familie über Wasser, blieb stets streng mit sich und anderen. In seinem letzten Lebensjahr allerdings wurde er unberechenbar. Einmal verschwand er für drei Tage im Wald, kehrte mitten in der Nacht zurück und trieb im Mondschein die Kühe auf die Weide. Mal war er gelähmt vor Angst, mal aufdringlich, kindisch und laut.

An einem verregneten Sonntag bat er im Gasthaus einen besoffenen Rauchfangkehrer so lange immer wieder um ein Häufchen Tabak – ein Häufchen Tabak, das der besoffene Rauchfangkehrer schlichtweg nicht besaß –, bis dieser seinen Ellenbogen in Großvaters Gesicht donnerte. Für einige Momente war Großvater bewusstlos. Bevor der Wirt die Rettung rufen konnte, war er wieder auf den Beinen und winkte ab. Die Nase verheile auch daheim. Ihm sei nur etwas schwindlig. Eine halbe Stunde später fand man ihn tot auf der Toilette. Wozu der Aschbach-Großvater den Tabak gebraucht hätte, blieb rätselhaft. Er hatte niemals geraucht. Er war an dem Tag gestorben, an dem wir unser erstes Wort gesprochen hatten.

»Dein Großvater war da schon plemplem«, sagte Großmutter und tippte mit dem Zeigefinger gegen ihre Stirn. »Wegen einem Tumor im Gehirn. Hat der Arzt damals gemeint. Dein Großvater hätte also sowieso nicht mehr lange gelebt.«

Großmutter sog Luft ein, stieg auf die Stubenbank und steckte einen Bund Palmkätzchen hinter das Kreuz im Herrgottswinkel.

»Dein Großvater wollte im Rotauer Massiv sterben. Hinterm Kreidesee. Bei den Gämsen. Und nicht neben einer Kloschüssel.«

Großmutter zog einen Rosenkranz aus ihrer Schürze, hängte ihn über das Kreuz, rückte ihn zurecht.

»Schade«, sagte sie und stieg wieder von der Bank herunter.

VATER SCHRITT MIT Mutter langsam die Kieswege ab. Unsere Schwester saß auf dem Rand eines Brunnens und zählte die Blütenblätter der Gänseblümchen, die sie gepflückt hatte. Wir spielten im Schatten der Nervenklinik. Wir wunderten uns über die Behäbigkeit der Junikäfer und schlugen mit einem Federballschläger nach ihnen, wir droschen sie tot, Dutzende von ihnen, hundert vielleicht, mit einem Gitter aus fest gespannten Carbonsaiten schnitten wir die Luft in Würfel, imitierten die Schmetterbälle von Andre Agassi. Die fetten Brummer wurden gegen die Mauer der Klinik geklopft, in die Stille der Gräser gehauen, sie landeten in Beeten und Steinbecken und regten sich nicht mehr.

»Mutter will, dass du den Schläger zurückbringst«, sagte unsere Schwester, die auf einmal hinter uns stand.

»Schau, da ist ein Junikäfer«, sagte sie und zeigte in die Luft.

DIE ASCHBACH-GROSSMUTTER kam mit Handbesen und Kehrblech in die Stube. Wir machten Hausaufgaben. $67 - 10 = 57$. Auf den Fensterbrettern klebten erschlagene Insekten, unter dem Tisch lagen Apfelspalten und ein paar Hühnerknochen, die der Kater abgenagt hatte.

»Bei uns zu Hause war Schule nichts wert«, sagte Großmutter und schrieb mit dem Handbesen eine Null in die Luft.

Sie grinste. »Hauptsache, die Kinder hatten gerade Glieder.«

Eine dicke Staubflocke landete auf unserem Mathematikbuch.

»Mach mal ein bisschen Platz, Großmutter muss da putzen.«

Im Hof warfen wir Kastanien gegen die Stallmauer. Die vierte Kastanie durchschlug das Glas der alten Laterne. Großmutter trat aus dem Haus, noch immer Handbesen und Kehrblech in den Händen. Wir schauten zu Boden. Eine Scherbe lugte aus dem Matsch.

Großmutter sagte: »Und? Wer war das? Der Drache oder der Dinosaurier?«

II

UNSERE TANTE ÖFFNETE ihre Handtasche und zog eine Halskette heraus. Daran baumelte ein Ring aus Rosenquarz.

»Es ist normal, dass Jugendliche Probleme mit der Haut haben«, sagte unsere Tante, während sie uns die Kette über den Kopf streifte.

Sie legte ihre Hand auf den Rosenquarz und drückte ihn sanft gegen unsere Brust.

»Der Stein ist dein Freund.«

Sie küsste uns zum Abschied auf die Stirn, griff noch einmal in ihre Handtasche und überreichte Mutter ein Buch.

»Das ist es«, sagte sie und verließ das Zimmer.

Mutter setzte sich an unseren Schreibtisch und schlug das Buch auf.

»Leg dich hin«, sagte sie, blätterte zweimal um, räusperte sich. »Mach die Augen zu und sprich mir nach.«

Mein linker Arm ist angenehm schwer mussten wir sagen und *Ich bin vollkommen ruhig und gelassen* und *Mein Atem fließt ruhig und gleichmäßig* und *Mein Herz schlägt ruhig, kräftig und regelmäßig* und *Meine Stirn ist angenehm kühl* und *Mein Sonnengeflecht ist strömend warm.*

»Was ist ein Sonnengeflecht?«, fragten wir.

»Ruhe«, sagte Mutter. »Du musst dich entspannen.«

Bevor Mutter das Buch schloss und uns alleine ließ, sodass wir uns endlich kratzen konnten, sagte sie: »Das machen wir jetzt jeden Tag, einmal morgens, einmal abends.«

EINEN ANDEREN TRAUM kannten wir nicht. Wir stehen im Wald. Kaltes Licht. Stille. Auf den braunen Baumnadeln, die den Boden bedecken, setzen sich weiße Kristalle an, Moospolster gefrieren, das Eis wölbt sich über Wurzeln, lässt einen Ameisenhaufen erstarren und kriecht die Stämme hoch. Wir wollen wegrennen, doch das Eis hat die Knöchel bereits fest im Griff, es steigt und steigt, schiebt sich in Astlöcher, begräbt einen Felsen unter sich, erreicht den Hals, füllt unsere Mundhöhle aus.

DER BURSCHE AUS der letzten Reihe stand vor unserer Bank. Er trug dasselbe *Fear Factory*-Shirt wie gestern.

»Du bist fett«, sagte er.

Wir sahen auf unsere Schuhe.

»Fett und bleich«, sagte er.

Blaue Schnürsenkel. Doppelknoten. Eine aufgeplatzte Naht.

»Und hässlich!«, rief er, bevor er herumschnellte und auf die Tafel spuckte.

Er kreiste den Speichelfleck mit hellroter Kreide ein und schrieb hastig darüber: *Für unseren fetten Lepramann*. Dann holte er aus und schoss das Kreidestück in unsere Richtung.

DER GEBETSWÜRFEL ÜBERSCHLUG sich einmal, stieß gegen den Topf in der Mitte des Tisches, ein heller Ton erklang, der Würfel blieb liegen. Wir lasen vor, was auf seiner Oberseite stand: »*Alle sind bei Dir zu Tische / Gras und Blumen, Vögel, Fische / Wild des Waldes, Schaf und Rinder / und auch wir als Deine Kinder / Amen.*«

»Amen«, sagte Mutter.

»Amen«, sagte Vater.

»Deine Schwester kommt heute nicht nach Hause«, sagte Mutter und griff nach dem Suppenschöpfer.

»Wo ist sie?«, fragten wir.

»Bei Paul«, sagte Mutter lächelnd.

Wir wussten nicht, wer Paul war.

»Mahlzeit«, sagte Vater.

IM HOF TASTETEN Hornissen alte Äpfel ab. Der Kater leckte seine Pfote und fuhr sich mit der Pfote über den Kopf. Die Aschbach-Großmutter kam aus dem Stall, stellte einen geflochtenen Korb mit Eierkartons auf den Brennholzstapel, wischte sich die Hände an ihrer Schürze ab und fragte uns: »Wie geht es dir in der Schule?«

Wir schauten ins Biologiebuch, das auf unseren Oberschenkeln lag. *Mitochondrien sind die Kraftwerke der Zelle.*

»Lauter Einser«, sagten wir.

ALS DIE KREIDE quietschte, sahen wir auf. Der Deutschlehrer schrieb drei Worte an die Tafel – *Der gehörnte Siegfried* – und wandte sich wieder der Klasse zu.

»Wer kann mir sagen, warum man von Siegfried sagt, dass er gehörnt ist?«

»Na ja, wahrscheinlich weil er Hörner hat«, sagte die Klassensprecherin und zuckte mit den Achseln.

»Könnte man meinen«, sagte der Lehrer, »ist aber falsch. Siegfried hat keine Hörner.«

Er legte die Kreide zurück in die Ablage.

»Aber Siegfrieds Haut ist aus Horn«, sagte er und schlenderte durch die Bankreihen. »Seine Haut ist gehörnt. Nachdem er den Drachen getötet hatte, badete er in dessen Blut. Dabei verdickte sich seine Haut und wurde zu einem undurchdringlichen Schutzpanzer.«

»Bis auf die Stelle zwischen den Schulterblättern«, rief der Bursche aus der letzten Reihe. »Dort, wo man sich so schlecht kratzen kann.«

»TU DEINER SCHWESTER doch den Gefallen«, sagte Mutter zu uns, während sie sich das Dekolleté eincremte. »Bring die alten Latschen hinauf. Sie mag den Dachboden eben nicht.«

Unsere Schwester wartete, die Arme hinter ihrem Rücken verschränkt, den Blick versenkt ins Muster des Teppichs. Wir lugten in den Plastiksack, den sie uns auf den Schoß gelegt hatte. Ein Paar ausgetretener Turnschuhe.

»Ich mag den Dachboden nicht«, sagte unsere Schwester.

Mutter sprühte Parfüm in die Luft und schritt hindurch.

Carmina Burana. Super Trouper. Goldene Volksmusik 2. Zwischen dem Schallplattenstapel und Mutters Ergometer stand der Mäusekäfig. Unter der Dachschräge lehnten zwei alte Matratzen, auf denen sich Urinflecken abzeichneten. Wir traten an das Fenster und schauten hinab in den Garten der Nachbarin. Die gestreifte Markise, die spitzen Eiszungen auf der Terrasse, das Trapezblech, das den Swimmingpool bedeckte. Wir warfen den Plastiksack mit den Turnschuhen auf einen Lattenrost und kratzten uns in den Armbeugen. Die Nachbarin kam aus dem Haus und kurbelte an der Markise. Sie schien zu klemmen. Vor, zurück, vor, zurück.

»WAS WILLST DU denn wissen?«, fragte unsere Tante und stellte eine Karaffe mit Quellwasser auf den Küchentisch. Auf dem Boden der Karaffe lagen geschliffene Steine, weiße, violette, rötliche. Obenauf schwammen Minzblätter.

»Deine Mutter war früher die Lustigste von allen«, sagte unsere Tante und schenkte uns ein.

Beinahe wäre Mutter aus dem Internat geworfen worden, weil sie bei einer Weihnachtsfeier einen Kübel mit Putzwasser über das Geländer des Treppenhauses gekippt und dabei eine Aufseherin erwischt hatte. Mutter trug kurze, geblümte Röcke, besuchte heimlich Frühschoppen und Feste, träumte von Reisen nach Brasilien und San Francisco. Elf Jahre arbeitete sie als Pflegerin im Seniorenheim, hielt die Bewohner mit anstößigen Mundartreimen bei Laune und sang ihnen ABBA-Lieder vor, obwohl sie kein Englisch konnte. Als Vater ihr im Botanischen Garten den Heiratsantrag machte, übertönte seine Stimme geradeso das Brummen der Hummeln. Auf einer Familienfeier in Klaff stellte Mutter der Verwandtschaft ihren Verlobten vor. Am Abend legte sie sich in das Bett ihres alten Kinderzimmers und flüsterte Vater zu, dass sie schwanger ist. In den frühen Morgenstunden wurde sie vom Lärmen der Rinder geweckt, ging in den Stall und fand Großvater am Strick.

»In diesem Moment ist der Fluch auf deine Mutter übergesprungen«, sagte unsere Tante. »Seither lebt der Geist unseres Vaters in ihr.«

Mit einem Bambusstäbchen rührte sie in der Karaffe um. Die Minzblätter wirbelten umher.

»Und leider lebt er auch in deiner Schwester«, setzte unsere Tante fort. »Erzähl deinem Vater nichts davon, hörst du? Der versteht das nicht. Aber du, du bist stark.«

Sie bemühte sich zu lächeln.

»Du hast die Kraft, den Fluch aufzuhalten, euch alle zu heilen.«

An der Wohnzimmerwand hing eine bunte Ernährungstabelle mit fünf Spalten.

»Da steht, dass du mehr Lebensmittel essen solltest, die das Holzelement stärken«, sagte sie und holte zwei Tupperdosen aus dem Kühlschrank. Ananasringe, Ribiseln.

WIR SASSEN IM Schneidersitz auf dem Bett, aßen Butter-
kekse und malten uns selbst: mit roter Jogginghose und
gelbem Kapuzenpullover am Fuß eines grauen Berges.
Mutter kam ins Zimmer und stellte den Wäschekorb vor
dem Kleiderkasten ab.

»Immer nur kritzeln«, sagte sie. »Du bist doch kein
kleines Kind mehr.«

Wir nahmen das letzte Keks aus der Packung und während wir es zerkauten, malten wir uns einen Ritterhelm.

»Und, wie heißt das Monster?«, fragte Mutter, doch
sprach weiter, bevor wir ihr antworten konnten. »Werd
mir bloß kein Künstler. Die verdienen überhaupt kein
Geld.«

Mutter ordnete unsere Turnleibchen ein. Wir wischten
ein paar Brösel vom Bett.

»Paul tut deiner Schwester gut«, sagte sie. »Er ist wirklich nett. Er ist Imker und arbeitet bei der Gendarmerie.«
Sie wandte sich zu uns um: »In der Speisekammer gibt es
noch eine Packung.«

HINTER DER LETZTEN Lagerhalle zwängten wir uns durch ein Loch im Zaun, querten das Werftgelände und blieben zwanzig Schritte vor einer Betonwand stehen. Wir zogen die Arbeitshandschuhe über und holten den Tennisball aus der Dose. Wir klappten Vaters Sturmfeuerzeug auf, hielten es unter den benzingetränkten Filz, drehten mit dem Daumen am Reibrad. Der Ball ging in Flammen auf, wir schleuderten ihn gegen die Betonwand. Er prallte ab, sprang auf dem Asphalt vor uns auf, wir bekamen ihn zu fassen und warfen ihn sofort wieder gegen die Wand. Ein kleiner Komet mit fauchendem Schweif.

Als die Handschuhe anfingen zu qualmen, war das Spiel zu Ende. Der Ball rollte gegen einen Container und brannte im orangen Licht der Hafenleuchten aus. Wir schritten unter einer ausrangierten Kranwinde hindurch, kletterten über rostige Eisenklammern hinab auf ein Anlegeplateau und kühlten die Hände im Flusswasser. Eine blinkende Boje. Fünf junge Enten, die ihrer Mutter nachschwammen. Sechs. Sieben.

DIE FÜHRUNG DURCH das Technische Museum endete in einem Raum mit acht Computern. Zum ersten Mal in unserem Leben waren wir online. Eine Angestellte erklärte die Website des Museums und wie man sich im Chatroom anmeldet. Rasend schnell sprangen die Zeilen nach oben, grün, türkis, hellrot, blau. Kaum war der Gruß von *dark_punk_rock* erschienen, wich er dem Wutausbruch von *jesus4life*, *AustriaWien81* grüßte zurück und konterte. Wir versuchten im Chatverlauf Fuß zu fassen. Auf unser *Hallo* reagierte niemand. Wir begannen einzelne Teilnehmer direkt anzusprechen. Zweimal bekamen wir eine Antwort: *sabina, bist du das?* und *gut :-) danke.* Eine Klassenkollegin tippte uns auf die Schulter. Unsere zehn Minuten waren vorbei.

Am nächsten Tag nahmen wir gleich nach der Schule den Bus zum Museum, bezahlten zwanzig Schilling Eintritt und fuhren mit dem Lift in den fünften Stock zum Computerraum. Nach einer Viertelstunde wurde ein Platz frei. Wir öffneten den Chatroom, meldeten uns an. Niemand schenkte *Mk59* Beachtung. Wir loggten uns aus und legten einen neuen Account an. Der Name *Triceratops* war bereits vergeben. Wir gaben *Treeceratops* ein. Es funktionierte. Wir kehrten in den Chatroom zurück und keine Minute später ließ uns *Tami15* wissen, dass *Jurassic Park* ihr Lieblingsfilm ist. Hastig formulierten wir eine Antwort, drückten die Entertaste, bemerkten einen Tippfehler. *Tami15* schrieb, sie sei sechzehn und mache Modeljobs. Wir verspürten Harndrang, aber wir konnten jetzt nicht auf die Toilette gehen, denn der Platz an diesem Computer wäre sofort für uns verloren gewesen und damit auch *Tami15*. Stattdessen betraten wir den privaten Chatroom, in den uns *Tami15* einlud. Es gab jetzt nur noch sie und uns, pinke und orange Zeilen. Wir bemühten uns den Gesprächsfluss aufrechtzuerhalten, versuchten schneller zu tippen, der Harndrang wurde stärker. *Tami15* erzählte von ihrem Urlaub in Uruguay, von ihrem Geburtstag, von ihren Freunden, die in Bands sangen und Schulabbrecher waren und Spiele programmierten. Uns fiel nichts ein, was ähnlich interessant geklungen hätte. Darum stellten wir immer neue Fragen: Welche Sprache spricht man dort, was war das beste Geschenk, spielen die auch Metal, was kann man denn ohne Matura studieren, was meinst du mit *jump and run*, und dann hörten wir auf zu schreiben. Ein pinkes Fragezeichen. Wenn wir jetzt aufstehen, pissen wir uns an. Noch ein pinkes Fragezeichen. Wenn wir sitzen bleiben, pissen wir uns an. *Tami15* verließ den Chat.

Wir spürten den warmen Strom zwischen den Beinen, spürten, wie sich der nasse Jeansstoff an unsere Haut legte. An den anderen Computern wurde eifrig getippt. Wir starrten auf den Monitor. Als es vorbei war, banden wir uns im Sitzen den Pullover um die Hüften, standen auf, erblickten den dünnen Urinfilm auf dem dunklen Plastik der Sitzfläche. Wir sahen der Frau, die auf unseren Platz gewartet hatte, nicht in die Augen, verließen den Computerraum, rannten los. Über die Treppe liefen wir drei Stockwerke nach unten. Auf der Toilette drehten wir den Wasserhahn auf und schaufelten so lange Wasser auf die Hose, bis sie völlig durchnässt war und überall genauso dunkel wie an den Stellen, die sich mit Urin vollgesogen hatten.

Da wir uns nicht trauten, den Zug zu nehmen, gingen wir drei Stunden entlang der Bundesstraße nach Hause. Während wir das Konzerthaus passierten, schallten aus dem Inneren des Gebäudes Klarinettenklänge, atonal und schrill. In der Dämmerung eilten wir durch die Au, folgten der langen Hecke und weil wir die Schatten darin fürchteten, hielten wir die rechte Hand an unsere Schläfe und nahmen diese Scheuklappe erst ab, nachdem wir das Ende der Hecke erreicht hatten.

In der Nacht schlichen wir ins Badezimmer hinab, betrachteten uns im Spiegel, betasteten unser Kinn, kramten aus Vaters Kulturbeutel einen Einwegrasierer hervor. Wir verstanden nicht, wie so kleine Schnitte so lange bluten konnten.

»ICH FINDE ES gut, dass er nicht mitfahren will«, sagte Mutter und stellte den Wasserkocher ab. »Beim Skifahren kann man sich ganz schnell ganz schwer verletzen.«

Sie hängte zwei Teebeutel in die Kanne.

»Außerdem kostet der Kurs ein Vermögen.«

»Na ja, wehtun kann man sich immer und überall«, sagte Vater und schlug die Fernsehzeitschrift auf.

Unsere Schwester kehrte sich dem Fenster zu und begann kaum merklich zu nicken.

»Ihr haltet mich doch alle für komplett verrückt!«, schrie Mutter und drosch die Teekanne gegen die Wandfliesen. Keramiksplitter sprangen ins Spülbecken, über die Herdplatten, auf den Korkboden.

»Alles ist gut, alles ist gut«, sagte unsere Schwester, schnellte hoch und holte den Besen aus der Abstellkammer. Behutsam legten wir eine Hand auf Mutters Rücken. Von der Kante der Anrichte tropfte Teewasser.

MIT DEM ÄRMEL der Winterjacke wischten wir den Baumstumpf ab. Wir setzten uns, warfen die Schultasche hinter uns in den angeschneiten Kies und zogen die Kapuze über. Feucht glänzende Stiefelkappen. Das dunkle Trittsiegel eines Schwanes. Tiefes Brummen. Ein großes, weißes Schiff glitt an uns vorüber. Männer in dicken Mänteln rauchten an Deck. Die Wellen wurden laut, schwappten an Land und wuschen Schnee vom Strand ab. Nachdem sich der Fluss beruhigt hatte, standen wir auf und stellten uns auf die unterste der steinernen Stufen, die neben uns ins Wasser führten. Das gegenüberliegende Ufer konnten wir im Nebel bloß erahnen. Wir schlossen die Augen. Langsam kippten wir vornüber.

Mit zittrigen, klammkalten Fingern nahmen wir die Halskette ab. Der Rosenquarzring schlug gegen die metallene Innenwand des Mistkübels. Kurz vor der Telefonzelle kreuzte ein alter Mann unseren Weg. Er blieb stehen und deutete mit seiner Pfeife auf uns.

»Brauchst du Hilfe?«

Wir schüttelten den Kopf. Wir wollten uns bedanken, doch als wir den Mund öffneten, klapperten die Zähne, und wir schlossen den Mund wieder. In der Telefonzelle glitt uns die Geldtasche aus der Hand, das Münzfach sprang auf, wir bückten uns. Die triefnasse Kleidung hing schwer an unserem Körper. Rund um die Stiefel färbte sich der Boden dunkelgrau. Zweimal verwählten wir uns.

»Du musst besser aufpassen, Kind«, sagte Mutter mit wässrigem Blick, »bei dem Wetter sind die Steine glitschig.«

Sie klemmte uns ein Fieberthermometer unter die Achsel und eine Wärmflasche zwischen die Füße. Sie zog die dicke Bettdecke hoch bis unter unser Kinn. Sie brachte uns Kamillentee. Sie las uns aus der Bibel vor und wunderte sich über die Stelle, die wir ausgesucht hatten:

»Da kommt ja gar kein Drache vor. Nur Schweine und Dämonen.«

Darauf verließen die unreinen Geister den Menschen und fuhren in die Schweine und die Herde stürmte den Abhang hinab in den See. Es waren etwa zweitausend Tiere und alle ertranken.

»Das ist ja eine richtige Schauergeschichte«, sagte Mutter und machte das Buch zu.

Wir schnäuzten uns, schlossen die Vorhänge, schalteten das Licht aus, ließen uns auf dem Bett nieder und verbanden uns die Augen mit dem alten Maradona-Trikot. Wir bevölkerten die Dunkelheit mit unseren Vorstellungen, malten uns geflügelte Raubkatzen und Eisriesen aus, wir sahen Leuchtfeuer, die eine große Schlacht ankündigen, eine Schlacht, in der ein stummer Hexer seine Stärke beweisen und auf einer Panzerechse in die Reihen des Feindes reiten wird, um die Welt vom Bösen zu befreien.

»Was machst du da?«

Wir zogen das Trikot von unserem Kopf. Auf dem Fußboden zeichnete sich ein Trapez aus Licht ab.

»Nichts.«

Vater strich sich über den Bart.

»Fehlt dir was?«

»Nein. Alles ist gut.«

»Ich lasse die Tür offen, okay?«

Mutter kam herein, drehte die Musik leiser und legte uns die Hand auf die Stirn.

»Du glühst ja richtig.«

Sie kippte etwas Hustensaft auf einen Esslöffel und hielt ihn uns vor den Mund. *Mein linker Arm ist angenehm schwer.* Fieber war das schönste Wort der Welt. *Mein Sonnengeflecht ist strömend warm.*

WIR SCHÜTTETEN SÄCKE voller Lego aus, durchwühlten Bananenschachteln, nahmen Videokassetten aus dem Regal, hoben Stofftiere hoch, Wauzi 1, Wauzi 2, Wauzi 3. Wir konnten die Hefte mit unseren Monstern nicht finden. Als wir zwei Handpuppen aus einer Holzkiste zogen, kam ein dünnes, gelbstichiges Buch zum Vorschein. Fadenbindung. Kein Einband. Blassviolette Schreibmaschinenschrift. *Zur Erinnerung. Hauptschule. 1962.* Wir gingen zum Dachbodenfenster, um beim Lesen mehr Licht zu haben. Träge kroch eine Fliege über das fleckige Glas. Mutter hatte das Buch gestaltet. In ihrem letzten Schuljahr hatte sie ihre Mitschülerinnen und Lehrerinnen porträtiert und jeder ein paar gereimte Zeilen gewidmet. *Die Gabi ist ein starkes und fleißiges Kind / doch sieht sie einen Schinken / wird sie auf einmal schwach, ihr Speichel rinnt / und sie lässt die Stifte sinken.* Die Fliege lag rücklings auf dem Holzrahmen des Dachbodenfensters. Ein Beinchen zuckte.

»Was machst du denn so lange dort oben?«, hörten wir Mutter rufen. »Auf dem Dachboden heizen wir nicht, und du bist noch immer nicht gesund!«

MUTTER SCHNARCHTE LEISE auf dem Sofa. Vater zappte durch die Kanäle. Wir waren uns nicht sicher, ob er wusste, dass die Gerichtssendungen Schauspiele waren.

»Manchmal verliert man Dinge eben«, sagte unsere Tante. Sie saß neben uns auf der Armlehne des Fauteuils und massierte mit ihren Daumen unsere Handflächen. »Das muss dir nicht leidtun.«

Sie lächelte und legte unsere Hände behutsam zurück auf unsere Oberschenkel.

»Ich habe etwas für dich«, sagte sie.

Sie griff in ihre Tasche und holte eine Halskette mit einem Ring aus Rosenquarz hervor.

»So teuer sind die ja nicht.«

»Habe ich meine Tabletten schon genommen?«, fragte Mutter verschlafen.

»Woher soll ich denn das wissen?«, sagte Vater und drückte eine Taste der Fernbedienung.

»Ja, hast du«, sagte unsere Tante.

»DAS GEHÖRT JETZT alles dir«, sagte unsere Schwester und setzte einen Karton auf unserem Schreibtisch ab.

Die Blockflöte, der Zirkel, die Stoppuhr, Urkunden von Schachturnieren und Mathematik-Olympiaden, Dominosteine, Einweghandschuhe, fünf leere Konservendosen, verschiedene Lineale, eine Flasche Desinfektionsmittel, zwanzigseitige Würfel, zwölfseitige Würfel, der schwarz bemalte Zauberwürfel, schwarze Kugelschreiber, Klarsichtfolien, Löschblätter.

»Ich ziehe aus«, sagte unsere Schwester.

»Wohin?«, fragten wir.

»Zu Paul.«

Sie zog die Mundwinkel nach oben. An ihrem Hals wölbte sich ein Bienenstich.

»Alles ist gut«, sagte sie und verschwand aus dem Zimmer.

VIOLETTE BUCHSTABEN AUF dunkelgrauem Stoff: *Fear Factory – born, bred, beaten.* Er hatte ein neues T-Shirt.

»War schön«, sagte er. »So ganz ohne dich«.

Er beugte sich vor und ließ einen Speichelfaden aus seinem Mund laufen, der auf unserem Geodreieck landete.

»Du bist so eine Sau!«, rief ein Mädchen in der Reihe neben uns.

»Oho, interessant!«, gab er zurück. »Ist da etwa jemand verliebt in unseren Lepramann?«

Dann hielt er uns seinen Zeigefinger vor das Gesicht: »Und wenn du petzt, schlag ich dich tot.«

Er ging zurück an seinen Platz in der letzten Reihe. Wir taten so, als müssten wir uns etwas von der Schulter wischen, und warfen einen Blick auf das Mädchen. Smaragdgrüne Weste, Zahnspange, leuchtend roter Lippenstift. Das Mädchen verdrehte die Augen und strich sich eine Strähne hinters Ohr.

EIN LEISES KNISTERN setzte ein. Schneeflocken fielen auf die Hochspannungsleitungen, die, von dunklen Masten gehalten, über dem gefrorenen Feld verliefen. Von den Armen einer Vogelscheuche baumelten Blechdosenketten. Eine Krähe tauchte aus dem Wald auf und flog über uns hinweg.

»Da bist du«, sagte unsere Schwester und neben ihr klopfte Vater seine Fellmütze aus. »Mutter macht sich Sorgen, wenn du so viel draußen bist.«

Die Krähe landete auf einem Strommasten, krächzte. Wir wollten mit den Schultern zucken, doch die Schultern bewegten sich nicht.

AUF MUTTERS BITTE hin hatte Vater neben dem Terrassenfenster Fotos aufgehängt. Ein Bild war schwarz-weiß und zeigte Mutter mit dicken Zöpfen im Klassenzimmer. Auf dem Studioporträt darunter hatte sie eine Lilie in der Hand und schaute verträumt zur Seite. Das einzige Polaroid war von einem silbernen Rahmen eingefasst. Mutter posierte darauf in hohen Stiefeln vor dem Atomium. Ihr helles Haar fiel in Wellen über ihre Bluse. Sie war schlank, aber nicht so mager wie heute.

»Ich war einmal schön, oder?«

Mutter setzte sich auf einen Stuhl neben den Philodendron und schälte einen Apfel.

»Du musst nichts sagen«, sagte sie.

Das Messer rutschte ihr ab, sie schnitt sich in den Daumen, presste die Zähne aufeinander und sog hörbar Luft ein. Wir liefen in die Küche, um die Box mit den Pflastern zu holen.

»Danke«, sagte Mutter. »Das tut so gut.«

Wir saßen neben ihr auf dem Sofa, streichelten ihre Wangen. Das Klingeln des Telefons erschreckte uns.

»Heb bitte ab«, wisperte Mutter.

Wir nahmen den Hörer.

»Und wie gehts?«, fragte Vater.

»Komm nach Hause«, hörten wir uns sagen.

Wir bemerkten, dass wir weinten. Mutter richtete sich auf.

»Was ist denn los?«, fragte sie uns.

»Alles in Ordnung bei euch?«, fragte Vater.

Als wir am Abend vor dem Hoftor in Aschbach standen und ein mächtiger Wind aufkam, der dem Kater das Fell zerzauste und die bauchige Regentonne umwarf, stellten wir uns vor, wie aus dem mächtigen Wind ein gewaltiger Sturm wird und wie uns der gewaltige Sturm von den Füßen reißt, durch die Luft wirbelt und mit dem Gesicht voran gegen die Ziegelmauer schleudert. *Es gab Geschrei und Lärm, Donner und Erdbeben und ein Tumult entstand auf der Erde. Plötzlich kamen zwei große Drachen, beide bereit zu kämpfen.* Das Gartengatter klapperte. Großmutter steckte ihren Kopf aus dem Stubenfenster und rief: »Komm rein! Da draußen holst du dir noch den Tod!«

WIR STARRTEN AUF die Kopfstütze vor uns und summten, und das Summen verschwamm mit dem Dröhnen der Triebwerke. Als sich das Flugzeug von der Startbahn löste, machten wir die Augen zu. *Sie tragen dich auf ihren Händen, damit dein Fuß nicht an einen Stein stößt; du schreitest über Löwen und Nattern, trittst auf Löwen und Drachen.* Die Pastoralassistentin hielt unsere Hand, bis ein heller Signalton erklang und das Anschnallzeichen erlosch.

»Seid ruhig!«, ermahnte sie die anderen Firmlinge in der Reihe neben uns. »Würdet ihr gerne ausgelacht werden?«

Ein Mönch in grauer Kutte begrüßte die Reisegruppe. Er umarmte den Pfarrer, gab der Pastoralassistentin die Hand und winkte die Firmlinge durchs Eingangsportal. Ein Hof tat sich auf, von Säulen umlaufen, Torbögen und helle Gebäude, ein hoher Glockenturm. Der Mönch schritt zügig voran, wandte sich im Gehen aber immer wieder um und richtete das Wort an die Gruppe. Die Pastoralassistentin übersetzte. Man habe sich schon sehr auf die jungen Gäste gefreut. Morgen nach dem Frühstück werde es eine Führung durch das Kloster geben. Die Bibliothek berge wertvolle mittelalterliche Handschriften. Der Kreuzgang sei bald tausend Jahre alt. Die Gruft mit den Totenschädelpyramiden könne momentan leider nicht betreten werden. Die Gärten und Wäldchen der Abtei solle man selbst erkunden. Zeit sei ja genug.

Zehn Tage Spanien. So lange und so weit waren wir noch nie von zu Hause weg gewesen.

»Lass diese jungen Menschen die Kirche als gute Gemeinschaft erleben. Möge die Kirche ihnen zu einer zweiten Familie werden, in der sie Geborgenheit, Halt und Freude suchen und finden«, sagte der Pfarrer und während er sich setzte, sprachen die Firmlinge im Chor: »Wir bitten dich, erhöre uns.«

Durch die Alabasterscheiben der Kapelle gelangte nur wenig, aber warmes Licht. Eine Statue aus Holz warf ihren blassen Schatten zwischen die beiden Bankreihen. Sie stellte einen Mann dar, überlebensgroß, bekränzt mit einem Heiligenschein, an einen Pfahl gefesselt, fünf Pfeile in der Brust, den Blick ins Gewölbe über ihm gerichtet. Ein schwebender Gesang drang aus der Abtei herüber, das Abendgebet der Mönche.

»Du bist dran, Silvana«, wisperte jemand vor uns. Ein Mädchen mit kahlrasiertem Kopf, Nasenpiercing und purpurnen Lippen trat ans Pult.

»Mach, dass der Krieg in Jugoslawien aufhört«, sagte Silvana und faltete ihren Zettel zusammen.

»Wir bitten dich, erhöre uns.«

Beinahe jeden Tag stand ein Ausflug auf dem Programm. Ein Besuch in einem Vergnügungspark, ein paar Stunden in Bilbao, eine Radtour durch die umliegenden Buchenwälder, Baden im Atlantik.

Die Mittelstange des Korbes ließen wir nicht los und wir wagten es nicht, nach unten zu schauen. Als das Riesenrad endlich stoppte und wir aussteigen konnten, hatten wir Krämpfe in den Waden.

Wir stolperten auf dem Kopfsteinpflaster der Altstadtgassen, duckten uns unter Wäscheleinen und Regenbogenflaggen, streckten die Hand zu einem Fensterbrett hinauf und berührten mit den Fingerkuppen eine Kaktusblüte.

Da das Fahrrad keine Federung hatte, spürten wir jede Wurzel, über die wir fuhren. Kurz nachdem das Kloster wieder in Sichtweite gelangt war, sprang die Kette heraus. Das letzte Stück des Weges schoben wir das Rad. Die Pastoralassistentin holte uns ein, schwang sich ab und begleitete uns.

»Wie verstehst du dich mit den anderen?«

Auf der Busfahrt Richtung Küste saß Silvana neben uns. Mit schwarz lackierten Nägeln tippte sie gegen eine Streichholzschachtel, die mit schimmernden Buchstaben bedruckt war: *Feuer frei.*

»Ich bin auch noch nie am Meer gewesen«, sagte Silvana.

Wir strichen den Stoff über unserem Bauch glatt. Silvana zupfte an einem ihrer Ärmel. Wir malten uns aus, wie wir gemeinsam mit ihr zum ersten Mal in heranrollende Wellen laufen.

»Warum tragt ihr zwei denn Rollkragenpullover?«, fragte der Pfarrer, während er durch den Gang nach hinten zur Toilette wankte. »Bei der Hitze!«

Auf einem schmalen Pfad, der zum Strand hinunterführte, wurden wir von einer Ziegenherde umringt. So viele hektisch bimmelnde Glöckchen und so viele Hörner auf Höhe unserer Eingeweide.

»Keine Angst, die tun dir nichts«, sagte Silvana, zog an ihrer Zigarette und bedeutete uns, weiterzugehen. »Ziegen sind keine Angriffstiere.«

Durch ein Loch im Felsen glitzerte das Meer.

Zuerst musste der Mann mit dem geflochtenen Bart begreifen, dass wir kein Spanisch beherrschten, dann mussten wir begreifen, dass er uns Haschisch verkaufen wollte, und dann musste er wiederum begreifen, dass wir kein Interesse hatten. Als wir uns wieder umdrehten, war Silvana verschwunden. Wir hielten Ausschau nach ihr, doch konnten sie zwischen all den Menschen und Sonnenschirmen nicht entdecken. Im Sand neben uns lag ihre Streichholzschachtel. Daneben die Zange einer Krabbe. Wir hoben beides auf und gingen alleine zum ersten Mal ins Meer. Dunkle Zungen aus Schwemmholz und Seetang. Muschelsplitter. Wir standen lange in den Wellen. Felseninsel. Adler. Wir schleuderten die Krabbenzange in die Flut. Ein riesiger Frachter glitt auf den Horizont zu. Container in den Hauptfarben.

Wir machten uns auf den Weg zum Parkplatz, stapften über den Strand, stiegen zwischen knorrigen Bäumchen nach oben und kletterten das letzte Stück über einen von Brombeerranken verwucherten Steinhang, um den Ziegen aus dem Weg zu gehen. Silvana saß bereits im Bus.

»Wenn ich die Augen schließe«, sagte sie zu ihrer Sitznachbarin, »kann ich die Wellen noch fühlen.«

Wir schlossen die Augen. Stimmt doch gar nicht.

Wir umfassten einen der Pfeile, die aus der Statue ragten, und zogen daran. Er bewegte sich nicht. Wir nahmen zu Füßen des Heiligen Platz, setzten die Kopfhörer auf und schrieben einen Brief an uns selbst. Dass die Meeresluft keine Wunder bewirkt, wie der Hautarzt prophezeit hat. Dass das Salzwasser unsere Haare fest und formbar gemacht hat. Dass wir im Dormitorium kaum wagen die Augen zuzumachen, weil wir fürchten ins Bett zu machen. Dass wir heute unter freiem Himmel schlafen wollen. Dass Silvana unsere zweite große Liebe ist. So groß, dass wir beschlossen haben, die erste nicht zu zählen. Wir schrieben, bis die Batterien des Discmans leer waren. In der Ferne hörten wir die Stimme der Pastoralassistentin. Man suchte nach uns.

Auf dem Zettel, den der Pfarrer ausgeteilt hatte, fand sich eine Liste von Lückensätzen, die die Firmlinge vervollständigen sollten.

Wenn ich ein Tier wäre, wäre ich am liebsten…, weil…

Vor uns saß ein Bursche mit blondierten Dreadlocks. Er setzte *Delfin* ein und *er Menschen rettet*. Wir schrieben *Delfin*, strichen das Wort durch. Durch das Fenster des Aufenthaltsraumes sahen wir einen buckligen Mönch den Kreuzgang fegen. Zwischen zwei efeubewachsenen

Säulen machte er Halt, stützte sich auf seinen Besen und trocknete sich die Stirn mit einem Taschentuch ab. Wir schrieben *Triceratops*, strichen das Wort durch. Dem Mönch entglitt der Besenstiel. Er bückte sich, hielt sich mit der einen Hand den Rücken und streckte die andere nach dem Besen aus. Der Pfarrer räusperte sich.

Wenn ich eine Uhrzeit wäre, wäre ich am liebsten …, weil …

Der Bursche vor uns setzte *24 Uhr* ein und *es Zeit für etwas Neues ist.* Dann band er sich mit einem dicken Haargummi seine Dreadlocks nach oben, wodurch in seinem Nacken ein Feuermal zum Vorschein kam. Knapp unter dem Kragen seines T-Shirts stand in kleinen grünen Buchstaben: *Ich komme aus der Zukunft – God hates us all.* Der Besen lag auf den Steinplatten des Kreuzgangs. Der Mönch war nicht mehr da.

Mit zwei Decken unter dem Arm schlichen wir aus dem Dormitorium, hinaus auf den schummrigen Korridor und durch die Pforte des Gästehauses nach draußen. Auf einem hartgetretenen Lehmpfad schritten wir ins Dunkel. Neben einer Feuerstelle legten wir die Decken ins Gras. Ein Zweig knackte unter unseren Schuhsohlen. In dieser Stille war jedes Geräusch zu laut. Wir sahen uns um. Glattes Seewasser. Pinien, schwarz wie Scherenschnitte. Hinter einem Erdhügel schimmerte das Dach der Kapelle.

Wir fanden keinen Lichtschalter, tasteten uns an der Mauer entlang. An der Stufe zum Altarraum stießen wir uns die Zehen. *Feuer frei.* Vor einer dicken Kerze entzündeten wir ein Streichholz, führten es an den Docht, lösten die Kerze aus ihrem Ständer und gingen damit durch den Mittelgang nach hinten. Die Flamme war unruhig, im Gesicht der Statue hüpften die Schatten. Wir legten dem Heiligen die Hand auf die Brust, genau zwischen zwei Pfeile. Unsere Fingerspitzen wanderten weiter abwärts, folgten einer Spur aus aufgemaltem Blut. Wir bemerkten, dass wir die Flamme unter einen der Pfeile hielten, zogen rasch die Kerze zurück. Vom Schaft des Pfeiles schwang sich eine dünne Rauchsäule auf.

Als wir in den frühen Morgenstunden erwachten, stieg uns der Geruch des heruntergebrannten Lagerfeuers in die Nase. Über uns stand eine Libelle in der Luft, ein blaugrün schimmernder Rumpf zwischen sirrenden Flügeln.

»Die kommt vom See da drüben«, sagte Silvana.

Sie saß aufrecht neben uns und rauchte.

»Hat sich verirrt.«

Silvana schaute uns nicht an, während sie sprach, sondern sah abwechselnd auf die Libelle und hinüber zum See. Wir schlugen die Decke zurück und setzten uns auf. Silvana streifte sich die Kapuze über ihren kahlen Kopf. Wir spürten unseren Herzschlag in den Ohrmuscheln.

»Was machst du hier?«, fragten wir.

»Hab meine Streichhölzer gesucht«, sagte Silvana und zeigte auf die Schachtel neben uns auf der Decke.

Silvana hob die Zigarette an den Mund. Dabei rutschte der Ärmel ihres Pullovers zurück und gab den Blick auf eine Reihe von Narben an ihrem Unterarm frei. Helle gerade Linien. Wir froren. Silvana klopfte Asche ins Gras. Wir krochen zurück unter die Decke.

»Das ist lieb, dass du mich anrufst«, sagte unsere Tante. »Aber du brauchst dich nicht zu bedanken. Die Reise ist dein Firmgeschenk. Und die Hauptsache ist, dass es dir gut geht!«

Wir legten das Handy neben den Rucksack in die Wiese und breiteten unser Handtuch vor einer mächtigen Agave aus. Wir sprangen auf das Floß, das im Schilf lag, ergriffen den Stab und stießen uns ab. Sobald wir in der Mitte des Sees angelangt waren, streckten wir uns bäuchlings auf den Brettern aus, befühlten das Holz und hielten Ausschau nach Gestalten in der Musterung, entdeckten eine

Katze und einen weinenden Geist. Auf der Wasserober-
fläche krochen die Spiegelungen der Wolken. Darunter
schwammen bleiche Fische. Eine laute Männerstimme.
Wir verstanden nicht, was er rief, doch der Mönch war
sichtlich erbost und winkte uns aus dem Wasser.

Als wir vor ihm am Ufer standen, redete er mit zwei
erhobenen Zeigefingern auf uns ein. Das hölzerne Kreuz
vor seiner Brust hüpfte hin und her. Wir zuckten mit den
Schultern. Hinter uns quakte ein Frosch. Ein zweiter tat
es ihm nach, ein dritter, ein vierter. Der Mönch rollte mit
den Augen und stapfte durch das hohe Gras davon. Wir
rieben uns die Oberarme.

Vor der Agave lag das Badetuch, in der Wiese das
Handy. Der Rucksack fehlte. Wir konnten nicht mehr
ausmachen, wie viele Frösche jetzt quakten. Es waren zu
viele. Der See flimmerte in der Sonne.

»Und?«, fragte Mutter. »Hast du deine Tante angerufen?«
Ihre Stimme klang aufgeregt und vergnügt.
»Ja«, sagten wir.
»Deine Schwester ist gerade hier und sie möchte dich
sprechen.«
Die Verbindung riss für einen Moment ab.
»Hallo?«, sagte unsere Schwester.
»Hallo«, sagten wir.
»Ich bekomme ein Kind«, sagte unsere Schwester. »Es
wird ein Bub.«
Die Verbindung riss wieder ab.
»Hallo?«, sagten wir. »Hallo?«
»Ja, hallo!«, hörten wir schließlich. Es war wieder Mut-
ter, die sprach. »Und freust du dich?«

Am Abend vor der Abreise warfen wir mit Getränkedosen
nach Getränkedosen. Die grünen Dosen platzierten wir
in einer Mauernische des Gästehauses, die silbernen nahmen wir in die Hand und gingen fünf Schritte zurück.

Von hier aus konnten wir das Lagerfeuer sehen. Im Kreis der Firmlinge zupfte der Pfarrer die Saiten einer Westerngitarre. Silvanas Stimme war hell und kraftvoll. Eine silberne Dose traf die untere Kante der Nische, sprang in hohem Bogen ab und landete hinter den Mülltonnen. Als wir uns nach der Dose bückten, entdeckten wir unter einer modrigen Holzpalette die Riemen unseres Rucksacks. T-Shirt, Hose, Schreibheft, alles war noch da. Das Gehäuse des Discmans war gebrochen. Das Kuvert, in dem der Brief gesteckt hatte, war leer. Die Pastoralassistentin stand plötzlich neben uns.

»Alles in Ordnung?«, fragte sie. »Willst du nicht zu uns ans Lagerfeuer kommen?«

»Wer war das?«, fragte der Pfarrer noch einmal. »Es gibt kein Abendessen, bevor wir es nicht wissen!«

Jemand verrückte einen Stuhl. Kichern dort und da.

»Das ist nicht lustig!«, rief die Pastoralassistentin und zog ihr gebatiktes T-Shirt straff. »Stehlen ist kein Spaß!«

Silvana saß uns gegenüber, spielte mit ihrem Nasenpiercing, wich unseren Blicken aus. Es gab Huhn mit Gemüsereis.

Wir kratzten uns so lange an Hals und Armen, bis sie krebsrot waren. Im Duschraum schlugen wir zweimal mit der Faust gegen die Wand. Einer der Spiegel löste sich aus seiner Befestigung und zersprang im Waschbecken. Wir hockten auf den Fliesen, die Faust pochte. Durch das Fensterband drang fahles Licht. Die Glocken läuteten zum Morgengebet. Mit der heilen Hand griffen wir nach der größten Spiegelscherbe und schoben sie in den Rucksack.

Sonnenlanzen schossen über die Hügel. Der See dampfte. Während wir durch das feuchte Gras rannten, hob hinter den Mauern der Abtei der Gesang der Mönche an. Wir stießen die Tür zur Kapelle auf, traten vor die Heiligenstatue, fassten mit beiden Händen den Schaft des untersten Pfeiles und hängten unser ganzes Gewicht daran. Das Holz krachte.

Der Choral der Mönche klang aus. Wir stocherten in der Feuerstelle – verkohlte Äste, Fischskelette, Fetzen von Aluminiumfolie –, bis unter rauchender Asche glimmende Holzstücke zum Vorschein kamen. Wir warfen die fünf Pfeile darauf, knieten uns nieder und bliesen in die Glut. Beinahe wären wir mit dem Gesicht voran in die Feuerstelle gefallen.

So gut es ging versteckten wir die geschwollene Hand im Ärmel des Rollkragenpullovers. Während sich der Bus mit Firmlingen füllte, beschwichtigte der Pfarrer zwei erzürnte Pater. Die Pastoralassistentin strich uns über den Kopf und sagte, dass wir keine Angst zu haben brauchten. Wir seien es ja nicht gewesen.

WIR WAREN ZU langsam. Wir konnten eine Kelle nicht von einer Spachtel unterscheiden. Wir schnitten mit der Stichsäge das Kabel der Stichsäge durch. Der Ferialjob hätte vier Wochen dauern sollen, aber in der Mittagspause des dritten Arbeitstages nahm uns der Polier zur Seite und sagte: »Nicht jeder ist für den Bau gemacht. Geh nach Hause.«

Auf den rohen Betonstufen krabbelte eine Assel die Kante einer Wasserwaage entlang und verschwand unter einem weiß gesprenkelten Radiogerät. Der Polier klopfte uns auf die Schulter: »Komm jetzt, kleiner Träumer, Abmarsch.«

Neben der Baustellenzufahrt ragte eine große Tafel auf. *Wir bauen für Sie: Bezirksseniorenzentrum Aschbach.* Wir überquerten die Straße und erblickten unser Spiegelbild im Schaufenster des Frisörsalons. Der Staub, die Hitze und das stundenlange Hantieren mit Dämmwolle hatten Spuren hinterlassen. Die Haare waren struppig, die Augen geschwollen, die Arme von Ekzemen übersät. Die Haut in den Ellenbeugen fühlte sich an wie nasses Schleifpapier.

»Nichts für ungut!«, rief uns der Polier nach. »Grüß mir deine Großmutter!«

Vater seufzte. *4, 5, 6.* Wir hörten, wie er sich eine Zigarette anzündete, wie er das Sturmfeuerzeug aufschnappen ließ und tief Luft einsog. *7, 8, 9.* Wir schauten auf das Tastenfeld des Telefons. **, 0, #.*

»Du bleibst trotzdem in Aschbach«, sagte Vater. »Ich muss arbeiten. Und deine Mutter ist bei deiner Schwester und danach mit dem Sparverein in Bibione. Du wärst den ganzen Tag alleine. Das finde ich nicht gut.«

Mit der einen Hand hielten wir den Telefonhörer, mit der anderen zogen wir das Spiralkabel nach unten und ließen es wieder zurückfedern. Wir hörten, wie Vater sich ein Bier öffnete, wie er das Feuerzeug am Flaschenhals anlegte und den Kronkorken zischend nach oben bog.

»In Ordnung?«, fragte Vater.

Zwei Tage lang peitschten die Zweige des Kirschbaums gegen die Fenster der Stube, und wir gingen nicht vor die Tür. Im Radio sprach man von einem Jahrhundertsturm. Der Kater durfte im Haus bleiben. Wir schlossen uns im Badezimmer ein und schnitten uns mit einer großen Bastelschere die Haare ab. Wir fanden einen Wegwerfrasierer, aber keinen Rasierschaum. Als wir fertig waren, war die Kopfhaut so rot wie der Hals. Im Stockwerk über uns knarrten Bettfedern. Großmutter schien keinen Schlaf zu finden. Der Wind stieß ein Fenster auf.

»Die Karotten sind fast durch«, sagte Großmutter, legte die Gabel hin und setzte den Deckel wieder auf die Pfanne.

Wir malten dem Echsenmenschen eine Hellebarde und statteten sein Rundschild mit silbernen Dornen aus.

»Geh zur Hütte und hol Vater, aber pass diesmal auf bei den Brennnesseln.«

Wir blickten vom Zeichenblock auf. Draußen zerteilte ein Blitz den bleigrauen Himmel.

»Vater?«, fragten wir.

Großmutter machte einen Schritt zur Seite und starrte auf einen leeren Teller.

»Welche Hütte?«, fragten wir.

Es donnerte. Großmutter musste husten.

»Großmutter?«

»Du kennst doch Großmutter«, sagte Vater am Telefon. »Die sagt oft seltsame Sachen.«

Wir spießten mit der Gabel ein Stück Rhabarberkuchen auf.

»Im Alter wird man eben ein wenig wunderlich.«

Der Kuchen schmeckte verbrannt. Durch das hofseitige Fenster beobachteten wir, wie Großmutter Tonscherben und Erde auf eine Schaufel kehrte.

»Machst du dir Sorgen?«, fragte Vater.

Wir schluckten den Kuchenbissen hinunter und fuhren mit dem Daumen über die Kante des Telefonbuchs. Großmutter hob den entwurzelten Oleander in die Scheibtruhe.

»Nein.«

»Gut«, sagte Vater.

Der Hahn spreizte seine Zehen auf dem rissigen Beton. Wir schlüpften in Großvaters alte Gummistiefel, zogen den Reißverschluss des Regenmantels zu und traten vor das Tor. Im Gras lagen wild verstreut Kirschen. Knapp unter dem Kanalgitter stand schwarzer Schlamm. Wir umfassten die feuchte Teppichstange mit beiden Händen. Für einen zweiten Klimmzug reichte die Kraft gerade noch aus.

Der Kater begleitete uns. Bei jedem unserer Schritte schmatzte der Boden. Zu beiden Seiten der aufgeweichten Straße hatte das Unwetter die Maispflanzen geknickt und hinter dem Marterl war eine junge Birke aus der Böschung gerissen worden. Regenwasser tropfte von den Geländern der beiden Holzbrücken. Im ersten Bach trieben Klarsichtfolien, der zweite war kaum mehr als ein bräunliches Rinnsal. Aus der zerzausten Thujenhecke des Nachbargrundstücks ragte zur Hälfte ein Schaukelgerüst hervor. Der Kater schnupperte an einem Gartenzwerg, der mit dem Gesicht nach unten in einer Pfütze schwamm, und setzte sich dann an den Straßenrand. Er sah uns nach. Wir gingen über die nasse Wiese auf den Wald zu.

Fichtenzweige streiften geräuschvoll über den Regenmantel. Zwischen den Bäumen vor uns huschte ein Reh und verschwand mit einem Satz hinter einem Felsen.

Wir schauten zurück, der Kater hatte kehrtgemacht. Wir fanden einen verwilderten Weg, der einen Hang hinaufführte, und versuchten ihm zu folgen, doch bald verlief er sich im Unterholz. Irgendwo in den Wipfeln über uns klopfte ein Specht gegen einen Stamm. Wir stapften weiter durch hüfthohe Brennnesseln, mit angehobenen Ellenbogen, bis die Steigung nachließ und sich unvermutet eine Lichtung auftat. In der Mitte der Lichtung stand eine Hütte. Das Dach war fast zur Gänze von gelben Flechten überzogen. Die Tür war verschlossen. Unter dem einzigen Fenster gabelte sich eine Ameisenstraße. Im Inneren der Hütte konnten wir dunkle, staubige Dielen erkennen, einen kleinen Kaminofen, eine Blechtonne und daneben auf groben Regalbrettern: vier Bücher, zwei Benzinkanister, eine Motorsäge, ein Hantelpaar aus grünem Plastik, eine ausgebleichte Puzzleschachtel, einen Bottich voller Bowlingkegel.

Als wir wieder den Hof erreichten, zerrte Großmutter gerade eine große Blumenkiste vor die Haustür.

»Der Oleander steht jetzt eine Stufe niedriger. Dort kann der Wind nicht so nach ihm greifen«, sagte sie und hielt sich den Rücken. Über den Hügeln gaukelte ein Vogelschwarm.

»Fährst du wieder Dreiradler?«, fragte uns Großmutter. »Aber nicht zu weit. Beim Marterl drehst du um.«

Durch die Löcher und Spalten der Ofenwand leuchtete die orange Glut. Das Eisentürchen schepperte. Der Herd trug blaue Gasflammenkronen.

»Großmutter«, sagten wir, »was ist das für eine Hütte auf dem Hügel im Wald?«

Großmutter kicherte, rührte mit einem langen Holzlöffel im Suppentopf um.

»Die Hütte hat sich dein Großvater gebaut«, sagte sie, »aber der ist gerade selten da.«

Sie klopfte den Löffel am Rand des Topfes ab und ging aus der Stube. Nach wenigen Minuten kam sie zurück und legte einen alten, fingerlangen Schlüssel vor uns auf den Tisch.

»Bitte schön«, sagte Großmutter.

Sie drehte sich zur Seite, hustete. Sie räusperte sich, atmete durch, hustete wieder, heftiger als zuvor, ein zweites und ein drittes Mal, ihr schossen Tränen in die Augenwinkel.

»Kennst du Großvaters Brennnesselhütte?«, fragte sie mit krächzender Stimme.

Sie stützte sich auf dem Tisch ab. Wir tasteten mit der Fingerspitze über den Schlüsselbart.

»Ich weiß gar nicht, ob die Hütte noch steht«, sagte Großmutter, atmete rasselnd ein und aus und schob ein paar Streifen Erdäpfelschalen auf einen Haufen zusammen.

Die Kette der Motorsäge war gerissen, die beiden Kanister randvoll mit Benzin. Die vier Bücher in der Hütte waren die Bibel, ein zerfleddertes Mineralienlexikon, *Zur Genealogie der Moral* und ein Englisch-Deutsch-Wörterbuch aus 1942: *Military Dictionary for the United Services and Military Technics.* Wir blätterten die Bibel durch und fanden auf nahezu jeder Seite Bleistiftmarkierungen: Unterstreichungen, Pfeile, Drudensterne, Rufzeichen, Violinschlüssel, kleine Skizzen von geometrischen Körpern. Wir versuchten zu lesen, doch schafften kaum drei Zeilen, ohne uns zu kratzen. *Der Drache und seine Engel kämpften, aber sie konnten sich nicht halten und sie verloren ihren Platz im Himmel.* Wir klappten die Bibel zu, schlugen uns dreimal knallend auf den Nacken und stellten uns vor die Werkzeugwand. Wir zupften Spinnweben aus dem Gewinde eines Schraubstocks und schabten dunkle Krusten von einer Sichelklinge ab. Als wir das Mineralienlexikon aus dem Regal zogen, fiel eine Wanderkarte heraus. *Das*

Rotauer Massiv. Wir entfalteten die Karte. Die Ortschaft Rotau. Der Kreidesee. Das Naturschutzgebiet. Das Massiv. Am Fuß des nördlichsten Berges hatte jemand ein schwarzes X eingezeichnet.

Wir ließen die Teppichstange los und landeten wieder im Gras. Während wir hinters Haus gingen, beruhigte sich allmählich unser Atem. Wir schritten durch das offene Gatter des Gartens, stiegen auf jeden zweiten Trittstein. Im trüben Tümpelwasser schwebten Schnecken. Großmutters Reisigbesen ratterte über das gerillte Stegholz.

»Ach ja«, sagte Großmutter und holte ein Kuvert aus der Bauchtasche ihrer Schürze hervor: »Für dich.«

Wir konnten uns nicht erinnern, jemals zuvor einen Brief bekommen zu haben. Im Kuvert befanden sich ein Geldschein und eine Ansichtskarte. Auf der Vorderseite der Karte war ein Comic-Drache abgebildet, in dessen Mundwinkel ein vierblättriges Kleeblatt steckte. Auf der Rückseite erkannten wir Mutters Handschrift. *Wir hoffen alle, dass es Dir wieder besser geht. Geh mit dem Zwanziger ins Kaffeehaus! Die Geranien blühen, und heute ist ein Rehkitz durch den Garten gelaufen. Schöne Grüße von Paul! Er freut sich darauf, dich endlich kennenzulernen. Der Honig, den er macht, schmeckt sehr gut!*

Wir schoben den Brief in die Hosentasche, streiften zurück durch die Wiese, hielten die Nase an die Blüte der Mohnblume, die auf dem Kompost wuchs. Wir rochen bloß Erde und gegorenes Obst.

Wir stellten die Spiegelscherbe auf die Blechtonne und hoben die Hanteln auf. Wir nahmen eine aufrechte Haltung ein, spannten die Bauchmuskeln an, zogen die Schultern nach hinten und streckten die Brust heraus. Wir zählten laut mit.

»Elf, zwölf«, wir befahlen uns tiefer zu sprechen, »dreizehn, vierzehn«.

Die Hanteln hatten feine Risse und verloren Sand.

»Immer nur im Wald«, wiederholte Großmutter. »Ganz wie dein Großvater. Der hätte zum Schluss am liebsten in der Brennnesselhütte gewohnt.«

Die Wolken gaben die Sonne frei, und der Hof erstrahlte.

»Gemeinsam mit seinem Freund.«

Großmutter seufzte, lehnte die Mistgabel gegen ein verwittertes Mauerstück und löste den Knoten ihres Kopftuchs. Wir klaubten einen faulen Apfel auf.

»Welcher Freund?«, fragten wir.

Großmutter nahm uns den Apfel ab und schmiss ihn auf den Misthaufen.

»Na, der Amerikaner. Der, den sich dein Großvater eingebildet hat.«

Großmutter sah uns an, zwinkerte und hielt sich eine Hand vor das Gesicht. Wir machten einen Schritt zur Seite, sodass unser Schatten auf Großmutters Gesicht fiel. Sie ließ die Hand sinken.

»Genau genommen hat es ihn ja wirklich gegeben. Dein Großvater ist ihm an der Front begegnet. Statt sich gegenseitig zu erschießen, sind sie Freunde geworden. Nach dem Krieg war der Ami sogar einmal hier.«

Wir nickten.

»Aber dann haben sich die beiden zerstritten.«

Großmutter winkte ab und steckte ihr Kopftuch ein.

»Wegen nichts. Und später im Wahn hat dein Großvater dann gemeint, der verlorene Freund ist wieder da. Er hat ihn ständig überall gesehen, mit ihm geredet, sogar getanzt hat er mit ihm.«

Eine Wolke schob sich vor die Sonne. In der Ferne bimmelten Kuhglocken.

»In der Hütte sind auch Bowlingkegel«, sagten wir.

»Wie viele?«, fragte Großmutter.

»Neun.«

»Dann ist es gut«, sagte Großmutter und lachte auf.
Sie verschluckte sich, hustete, spuckte auf den Misthaufen.

Kaum merklich schwankten die Zweige der Tannen. An der Wand neben dem Hüttenfenster hingen ein leerer Bilderrahmen, ein Häutemesser und ein schwarzes Kruzifix. Unsere Fingerkuppe glitt behutsam über die schmalen Holzleisten, über die Breitseite der Klinge, über den ausgemergelten Körper der Jesusfigur. Wir hauchten das Fensterglas an und zeichneten einen Dreizack in den Beschlag. Der Dreizack war schwer zu erkennen, da es draußen heller Tag war, und kaum hatten wir die Fingerkuppe vom Glas gelöst, war der Beschlag – und mit ihm der Dreizack – schon wieder verschwunden.

Großmutter deutete ins Geäst des Kirschbaums, auf den dösenden Kater.
»Die Katze, die wir davor hatten, ist nie auf den Baum geklettert«, sagte Großmutter. »Dein Großvater hat die Äste nämlich mit Vogelleim bestrichen. Das hat keinem Viecherl gefallen. Den Vögeln nicht, der Katze nicht.«
Großmutter nieste, ohne sich die Hand vorzuhalten.
Der Kater öffnete die Augen und drehte ein Stück weit seinen Kopf.
»Mit demselben klebrigen Zeug hat dein Großvater im Krieg Granaten bestrichen.«
Auf Großmutters Oberlippe glitzerte Rotz.
»Um sie zu Haftbomben zu machen. Weißt du, was Haftbomben sind?«
Der Kater hatte die Augen wieder geschlossen.
»Damit kann man Panzer demolieren.«
Großmutter fuhr sich mit dem Ärmel übers Gesicht und fügte hinzu: »Das hat ihm Brian gezeigt. Und der hat das von den Briten gelernt.«

»Brian?«, fragten wir.

Mit einem Mal ging Großmutters Blick ins Leere und sie stand reglos in der Wiese.

»Großmutter?«

Sie sah sich um, als wüsste sie nicht, wo sie war.

»Alles in Ordnung, Großmutter?«

Schlagartig verfinsterte sich ihre Miene.

»Ich habe es dir schon hundertmal gesagt! Er hat mich nicht angefasst!«, schrie sie uns entgegen, und der Kater flitzte vom Baum herunter.

Vater schwieg so lange, dass wir glaubten, die Verbindung wäre abgebrochen.

»Also gut«, sagte er schließlich. »Wenn wir dich abholen kommen, rede ich mit ihr.«

Er zog hörbar an seiner Zigarette, atmete aus.

»Halt mich auf dem Laufenden«, sagte Vater. »Und ruf deine Schwester mal an. Ich denke, sie ist etwas überfordert, mit dem, was da auf sie zukommt. Sie ist nicht unbedingt die geborene Mutter, wenn du verstehst, was ich meine.«

»Ja«, sagten wir.

»Gut. Dann bis dann«, sagte Vater.

»Bis dann«, sagten wir.

Gerade wollten wir den Hörer auf die Gabel legen, als Vaters Stimme noch einmal ertönte: »Bist du noch da?«

Wir hielten den Hörer wieder ans Ohr.

»Ja.«

»Ich will, dass du von der Hütte wegbleibst. Das ist nicht gut für dich.«

Wir kippten die Blechtonne, rollten sie auf die gegenüberliegende Seite der Hütte und stellten sie unter dem Fenster ab. Zurück blieb ein heller Fleck auf dem Holzboden, eingefasst von einem Ring aus Rost und blauen Lacksplittern. In der Mitte des Ringes stand eines der Bretter ab.

Wir knieten nieder, hoben das Brett an. Es war lose. In der Vertiefung unter dem Brett lief ein Käfer über einen dunklen Würfel. Wir ließen den Käfer auf unseren Zeigefinger krabbeln und setzten ihn vor der Hütte aus. Der Würfel war kalt und schwer und groß. Wir konnten ihn gerade so mit einer Hand halten. Eine der sechs Seiten wies ein Schlüsselloch auf. Wir steckten den Schlüssel der Hüttentür hinein. Er passte. Wir drehten ihn nach links und rechts. Er rührte sich nicht.

Großmutter schlug mit dem Teppichklopfer dreimal hintereinander gegen die Tuchent. Staub trat aus.

»Ihr seid wirklich lästig. Dein Vater hat mich heute auch schon angerufen und ist mir auf die Nerven gegangen.«

Großmutter nieste und machte einen Schritt von der Tuchent zurück.

»Warum sollte es mir nicht gut gehen? Man wird doch wohl noch alt sein dürfen.«

Im Hof gackerte ein Huhn. Großmutter schlug wieder gegen die Tuchent.

»Willst du einen Schokohasen?«, fragte sie, hustete krachend, spuckte aus.

»Nein«, sagten wir.

Sie schulterte den Teppichklopfer und stemmte die freie Hand in die Hüfte.

»Du isst zu wenig«, sagte sie.

»Nein«, sagten wir.

Vier Bowlingkegel fielen um, fünf Kegel blieben stehen. Der Eisenwürfel, den wir mit voller Kraft geworfen hatten, kam unter dem Fenster zum Liegen. Wir nahmen das Häutemesser von der Wand und führten die Klingenspitze in das Schlüsselloch des Würfels ein, rüttelten, stocherten. Wir zogen die Klinge heraus und setzten sie am Hals eines umgefallenen Bowlingkegels an. Knapp unter dem fleckigen Kunststoff verbarg sich ein Kern aus Holz. Hinter dem Ofen fanden wir eine vergilbte Zeitung und lösten das Kreuzworträtsel darin. Bei einem Wort waren wir unschlüssig. *Horn* oder *Dorn*.

Auf dem Herd blubberte Milch. Großmutter kraulte den Kater. Der streckte sich auf ihrem Schoß und schnurrte.

»Dein Großvater hat damals aus allem ein Geheimnis gemacht.«

Großmutter gähnte.

»Der Eisenwürfel ist ein Teststück aus der Schlosserei. Ende der Geschichte.«

Die Milch kochte zischend über. Der Kater zuckte mit den Ohren.

»Ich lege mich heute etwas früher ins Bett«, sagte Großmutter. »Mir ist ein bisschen schwindelig.«

Die Sonne versank zwischen den Wipfeln. Wir legten die Hanteln wieder auf den speckigen Polster und zogen uns aus. Wir masturbierten vor dem Fenster. Kurz bevor wir zum Orgasmus kamen, lösten wir den Blick vom Wald und schauten in die Spiegelscherbe, die auf der Tonne neben uns stand. Wir fixierten unsere Augen. Vibrierende Pupillen. Für einige Momente hatte nichts Gewicht.

»Du hast ja richtige Muckis bekommen«, sagte Großmutter, als wir im Unterleibchen ins Freie traten. Die Isomatte rutschte uns aus den Händen und landete vor Großmutter auf dem Beton.

»Schläfst du wieder in der Brennnesselhütte?«, fragte uns Großmutter.

»Ja«, sagten wir und bückten uns nach der Isomatte.

Oleanderblüten. Hühnerdreck. Großmutters Schenkel waren dick und rot, und die Riemen ihrer Hausschuhe drückten sich ins Fleisch ihrer Fußrücken.

»Wie dein Großvater«, sagte sie.

Sie schnäuzte sich in ihr Stofftaschentuch, steckte es zurück in die Bauchtasche ihrer Schürze.

»Alleine im Wald hat er sich nie gefürchtet«, sagte sie, »ansonsten ständig.«

In der Küche rumpelte es. Der Kater schnellte mit angelegten Ohren aus dem Haus und quetschte sich maunzend durch das Loch im Hoftor. Großmutter schien plötzlich abwesend zu sein. Eine Weile starrte sie an uns vorbei an die Stallmauer.

»Brian hat die Bowlingkegel dagelassen«, sagte sie. »Was sollen wir denn mit denen machen?«

Am letzten Tag der Sommerferien riss uns lautes Grunzen aus dem Schlaf. Wir schauten aus dem Fenster, doch bekamen das Wildschwein nicht zu Gesicht. Nachdem wir die Isomatte eingerollt hatten, setzten wir den Eisenwürfel zurück in die Vertiefung, schoben das lose Brett wieder darüber und rückten die Tonne auf ihren alten Platz. Danach legten wir ein Puzzle mit dreiundachtzig Teilen. Es zeigte das Rotauer Massiv und blauen Himmel. Das Gebirge war vollständig, der Himmel hatte Löcher. Vielleicht hatte Großvater alle Puzzleteile weggeworfen, auf denen Wolken oder Vögel abgebildet waren. Vielleicht verbargen sich die fehlenden siebzehn Teile des Puzzles in den Ritzen des Holzbodens, im Schlamm vor der Hütte oder in den Brennnesseln rings um die Lichtung oder sie vermoderten in einer Klamm des Rotauer Massivs. Wir formierten neben der Tonne ein Mosaik aus Insektenleibern, Staubflocken und Rindenstückchen. Es dämmerte.

Auf dem Fußabstreifer lag eine tote Maus. In der Stube roch es nach altem Schweiß und frischem Sägemehl. Das Frühstück stand schon auf dem Tisch. Brot, Butter, Milch, ein Ei und eine Schale mit Walderdbeeren. Großmutter

115

war nicht da. Wir klopften an die Tür ihres Schlafzimmers.

»Großmutter?«

Wir vernahmen leises Schnarchen.

Wir stellten die Sporttasche neben dem Hoftor ab, gingen zur Teppichstange, sprangen hoch. Der Hahn krähte. Den vierzehnten Klimmzug schafften wir gerade noch. Während wir die Arme ausschüttelten, tauchte das Auto unseres Vaters zwischen den Bäumen auf. Es wurde langsamer, rumpelte über die beiden Holzbrücken, beschleunigte wieder. Der Kater hüpfte vom Fensterbrett herab, schmiegte sich an unsere Beine und miaute.

Mutter öffnete die Beifahrertür, erblickte uns und erschrak. Zögerlich kam sie auf uns zu.

»Wo sind denn deine Haare hin?«, sagte sie, fasste uns an den Schultern an, befühlte unsere Oberarme. »Kind!«

Vater stieg aus, lächelte, zündete sich eine Zigarette an.

»Wo ist Großmutter?«, fragte er.

»Die hat sich noch einmal niedergelegt.«

Vater runzelte die Stirn. Er dämpfte die Zigarette an der Mauer aus und ging an uns vorüber durch das Hoftor.

MUTTER DREHTE SICH zweimal zu uns um und deutete auf den freien Platz neben ihr. Wir schüttelten zweimal den Kopf und blieben stehen, im Rückraum der Kirche, halb hinter einer Säule verborgen. Der Pfarrer trug eine violette Stola über seinem weißen Messgewand, breitete die Arme aus, setzte zu einem Gebet an. Lautes Gebimmel unterbrach ihn. Der Ministrant, der neben dem Pfarrer kniete, hatte an der falschen Stelle die Altarglocken geläutet, bemerkte seinen Fehler und errötete. Gegen Ende der Trauerzeremonie trat die Obfrau der Goldhaubengruppe vor die Gemeinde: »Es war ihr in den letzten Jahren aufgrund ihres Gesundheitszustandes leider nicht mehr möglich gewesen, an unseren Aktivitäten teilzunehmen.«

Vor den Altarstufen stand der offene Sarg. Man hatte Großmutter ein Kleid angezogen, das dreißig Jahre unbenutzt in ihrem Kasten gehangen hatte. Sie hatte es nie getragen, weil sie der Stoff an den Hüften gekratzt hatte. Wir verließen die Kirche durch die Hintertür. Bevor sie ins Schloss fiel, hörten wir die Goldhaubenfrau noch sagen: »Bis zuletzt wurde sie von unseren Mitgliedern regelmäßig besucht.«

»DA SITZE ICH«, sagte er und ließ seine Jacke vor uns auf den Tisch fallen.

Wir fanden keinen *Fear Factory*-Schriftzug auf seinem Pullover. Dafür ein Skelett, das sich eine Pistole an den Schädel hält. Er schmatzte, nahm seinen Kaugummi aus dem Mund und drückte ihn auf die Tischplatte. Die Schulglocke schrillte.

»Hast du gehört, Mongo, verpiss dich!«

Wir schnellten hoch, sahen ihm tief in die Augen. Er wich zurück.

Als wenig später der Klassenvorstand in die Runde schaute und die Schülerinnen und Schüler im neuen Schuljahr begrüßte, blieb sein Blick an uns hängen, und er zog die Brauen hoch.

»Was machst du denn da hinten?«

»Sitzen«, sagten wir.

DER WIND MUSSTE günstig stehen, denn der Fuchs schien uns nicht zu wittern. Im Mondlicht streifte er durch das graue Gras der Böschung, und hätten wir im richtigen Moment den Arm ausgestreckt, hätten wir sein Fell berühren können. Wir verharrten, atmeten flach, drehten langsam den Kopf. Das Tier erklomm den Hang und verschwand auf der anderen Seite des Dammes.

Kurz vor Sonnenaufgang betraten wir das Haus. Mutter stand mit verschränkten Armen im Vorraum. Durch die offene Küchentür hörten wir den Kühlschrank brummen. Wir stellten den Rucksack auf den Schuhkasten.

»Wo schläfst du?«, fragte Mutter, machte einen Schritt auf uns zu und zupfte uns einen Spinnfaden aus der Augenbraue.

»Draußen«, sagten wir und wehrten Mutters Hand ab.

»Wo draußen?«

»Bei Freunden.«

»Bei welchen Freunden?«

»Egal«, sagten wir.

»Mir ist es nicht egal! Ich bin deine Mutter! Ich will wissen, wo du dich herumtreibst!«

Das Brummen des Kühlschranks setzte aus. Mutter fasste sich an die Stirn.

»Tut mir leid«, sagte sie. »Ich weiß, du hast es gerade nicht leicht.« Sie rang nach Worten. »Großmutter war ... sehr wichtig für dich ... und ... und deine Haut ist ...«

Unsere Hände ballten sich zu Fäusten. Mutter ließ sich auf dem Schuhkasten nieder, stützte sich mit den Ellenbogen auf ihren Knien ab. Ihre Lippen bebten. Wir fuhren mit den Armen durch die Gurte des Rucksacks.

»Du kommst sofort zurück!«, schrie uns Mutter nach. Ihr zweiter Schrei fand keine Worte mehr und wurde ein Weinen. Der Morgen brach an, wir wandten uns dem Fluss zu.

Wir schritten über morsche Zweige, Moos, hellen Sand. Die Überdachung des Lagers war weggeweht worden. Wir zogen die Tarnmusterplane aus dem Gestrüpp und spannten sie wieder zwischen den Pappeln auf. Danach hockten wir uns mit einer Schere, einem Einwegrasierer und der Spiegelscherbe auf einen Felsbrocken ans Ufer. Büschel streichholzlanger Haare fielen in den Fluss.

EIN BETRUNKENER IN einem Zorro-Kostüm schleppte sich über den Platz, umklammerte eine Straßenlaterne und brabbelte wirres Zeug. Hinter ihm kamen zwei junge Frauen aus der regennassen Gasse, die eine bei der anderen eingehakt. Die eine rief dem Betrunkenen zu: »Alter, ich weiß genau, was du meinst!«, die andere prustete los. Ein junger Mann in Bundesheeruniform torkelte aus einer Bar, holte mit dem Bein aus und schoss einen Kronkorken weg. Klimpernd sauste der Kronkorken am Brunnen vorüber und traf die Straßenlaterne, an der sich der betrunkene Zorro festhielt. Der Rekrut jubelte. Ein paar Umstehende klatschten Beifall. Beim Versuch sich zu verbeugen, fiel der Rekrut beinahe um. Der Mann im Zorro-Kostüm bellte ein paar sinnfreie Silben, rückte seine Augenmaske zurecht und schleppte sich weiter. Die Degenspitze schleifte über den Asphalt.

Wir hockten auf der Lehne einer Sitzbank, blätterten im Fotoalbum unserer Kindheit, stießen auf das Bild, das uns mit Flossen an den Füßen in der Sandkiste zeigte. Nachdem unsere Schwester erfahren hatte, dass wir mit ihnen auf dem Spielplatz gewesen waren, hatte sie die Flossen mit einer Heckenschere zerschnitten. Wir zogen einen schwarzen Kugelschreiber aus unserer Manteltasche.

Wir zeichneten dem Kind, das wir einmal gewesen waren, gerade ein Horn auf die Stirn, als plötzlich vor uns jemand mit einem Snakeboard durch eine Pfütze fuhr. Der Irokesenschnitt des Mädchens war blitzblau und auf der Hinterseite ihrer Lederjacke prangte ein Graffito: *Diabolus X Machina*. Das Mädchen stieg ab, klemmte ihr Board unter die Achsel, ging ein Stück zurück und deutete auf das Muster, das die nassen Reifen ihres Snakeboards auf dem Asphalt hinterlassen hatten.

»DNA-Doppelhelix«, sagte sie.

Wir betrachteten die dunklen geschwungenen Linien, die sich kreuzten und wieder voneinander lösten, legten den Kopf schief, nickten zaghaft.

»Zufällig heiße ich genauso«, sagte das Mädchen, »DNA-Doppelhelix. Du darfst mich Helix nennen.«

Sie versuchte uns in die Augen zu schauen, doch ihr Blick rutschte immer wieder ab, zu den aufgerauten Stellen unseres Halses. Wir wünschten uns, am ganzen Körper tätowiert zu sein, monochrom feuerrot.

»Hast du eine Zigarette für mich?«, fragte sie uns.

Wir schüttelten den Kopf. Das Mädchen holte eine Zigarette aus der abgewetzten Lederjacke hervor.

»Feuerzeug?«

Wir räusperten uns, schüttelten noch einmal den Kopf. Das Mädchen zeigte auf die Mineralwasserflasche, die zwischen unseren Schuhen auf der Sitzbank stand.

»Du lässt es ja richtig krachen«, sagte sie. »Schmeckt dir kein Bier?«

Wir schluckten, öffneten den Mund.

»Sag nichts«, sagte sie, zog lautstark Rotz hoch und spuckte in die Pfütze. »Stumm gefällst du mir eigentlich ganz gut.«

Sie steckte sich die Zigarette hinters Ohr, stieg mit ihren grünen Stiefeln wieder auf die beiden Platten ihres Snakeboards und rollte zum Brunnen in der Mitte des Platzes. Helix umkurvte ein Mädchen in Flammenhosen und verschwand hinter drei Metalheads, die sich unter einer blinkenden Lichterkette in den Armen lagen. Eine Flasche zerschellte an einem Wasserspeier. Rotwein verdunkelte die steinerne Fratze. Die Straßenlaternen flackerten auf. Wir malten dem Kind, das wir einmal gewesen waren, ein zweites und ein drittes Horn.

WIR MUSSTEN UNSERE Frage wiederholen.

»Wenn du heute einen Fünfer schreibst?«, sagte die Englischlehrerin leise. »Dann...« Sie durchsuchte ihre Notizen. »Eine zweistündige Schularbeit zählt natürlich entsprechend...«

Hinter uns kratzten Füllfedern über Papier. Jemand hustete.

»Wenn du heute ein *Nicht genügend* schreibst, dann stehst du insgesamt auf... Moment...«

In der ersten Reihe nutzte ein Mädchen die Gelegenheit und schielte auf den Schummelzettel, der in der Verschlusskappe ihrer Trinkflasche klebte.

»Egal«, sagten wir schließlich, legten das Schularbeitsheft vor der Lehrerin auf den Katheder und verließen das Klassenzimmer.

Der Wind rauschte durch die Uferallee und wehte gelbe Blätter in den Stadtsee. Die Zillen, an massiven Eisenringen vertäut, stießen gegeneinander. Neben uns schlug ein Drahtseil bimmelnd gegen eine Fahnenstange. Mutters Stimme schmerzte uns, wir hielten das Handy ein Stück vom Ohr weg.

»Du hast nach zehn Minuten ein leeres Heft abgegeben!«, schrie sie. »Was ist nur los mit dir, Kind! Du warst nicht einmal auf der Hochzeit deiner Schwester! Das tust du doch alles nur, damit ich mir Sorgen mache! Wo bist du überhaupt? Es ist Herbst, es ist kalt! Du kommst jetzt sofort nach Hause! Sonst –«

Wir legten auf. Das Drahtseil schlug wieder gegen die Fahnenstange. Wir tasteten über die Schweißnähte eines aufgebockten Bootes. Das Handy vibrierte. Mutter. Nah am Ufer sprang ein Fisch.

EIN SCHATTEN SCHOB sich über den Zeichenblock, und wir hoben den Kopf. Helix. Ihr Irokesenschnitt war nicht mehr blitzblau, sondern schneeweiß.

»Beim Rasieren geschnitten?«, fragte uns Helix.

Wir trugen oft Pflaster im Gesicht. Manchmal verbargen wir Pickel darunter, manchmal Kratzspuren und Rötungen, meistens aber vollkommen heile Haut.

»Anna!«, rief ein schlaksiger Bursche hinter Helix. Zwei nietenbesetzte Gürtel schlangen sich um seine Hüfte, und aus den Schulterpolstern seiner Jacke ragten Metallstacheln.

Helix rief dem Burschen zu: »Ich heiße Helix!«

»Was? Ach, komm schon, Anna, lass den Scheiß!«

»Halt dein Maul, Antonitsch!«

»Anna!«, rief der Bursche genervt.

»Fresse und komm her!«

Der Bursche schlurfte heran.

»Was willst du denn von der Glatze, Anna?«, fragte er, und zu uns gewandt: »Fascho oder was?«

Helix legte eine Hand auf die Brust des Burschen.

»Ab heute bin ich Helix. Merk dir das. Und das ist kein Fascho. Er ist stumm.«

Helix rotzte auf den Boden.

»Und er gehört jetzt zu uns.«

Antonitsch verdrehte die Augen.

WIR LEHNTEN NEBEN Helix in einem Hauseingang. Sie deutete in die Krone des Ahornbaums, der mit seinen Wurzeln den Asphalt des Gehsteigs gesprengt hatte. Im Geäst zuckten hellgrüne Schwanzfedern.

»Aus dem Zoo sind vor einigen Jahren ein paar Papageien entkommen«, sagte Helix. »Und jetzt bevölkern sie und ihre Nachkommen den Stadtrand.«

Auf der anderen Straßenseite schepperte es. Antonitsch kletterte über den Maschendrahtzaun des Gebrauchtwagenhandels.

»Fehlen nur noch Kokosnüsse«, sagte Helix, den Blick noch immer in der Baumkrone.

Antonitsch flanierte hinter dem Zaun zwischen den Autos umher, betrachtete sich im Seitenspiegel eines alten Kastenwagens, riss fluchend einen Mercedesstern ab.

»Ich will weg hier«, sagte sie.

Wohin? schrieben wir auf die Rückseite eines Zwanzigers und zeigten Helix den Geldschein.

»Irgendwohin, wo es Papageien gibt«, sagte Helix.

Sie hielt uns ihr Dosenbier hin, wir hoben ablehnend die Hand.

»Du trinkst nicht, du rauchst nicht. Ich hoffe, du bist kein Mönch«, sagte sie.

Antonitsch beugte sich über die Motorhaube eines butterfarbenen Oldtimers und steckte sich einen Finger in den Mund.

»Kannst du gut küssen?«, fragte Helix.

UM AUS DER Kirche austreten zu können, benötigten wir die Unterschriften beider Elternteile.

»Es ist deine Entscheidung«, sagte Vater und setzte seinen Namen auf das Papier. »Aber mir hat der Glaube oft geholfen. Er trägt mich durch schwere Zeiten.«

»Nein«, sagte Mutter und stand vom Tisch auf, »ich unterschreibe das nicht!«

Sie machte zwei Schritte Richtung Tür, machte Halt. Ihre Hände krallten sich in den Stoff ihres Rockes.

»Was habe ich bloß falsch gemacht?«

Während die Biologielehrerin an der Tafel die Mendel'sche Vererbungslehre skizzierte, übten wir unter der Bank Mutters Unterschrift zu fälschen. Als wir uns unserer Sache sicher waren, signierten wir die Kirchenaustrittserklärung. Steile, schnörkellose Buchstaben. Wir falteten das Blatt zweimal, steckten es in einen Umschlag und adressierten den Brief an die Bezirkshauptmannschaft. Eine Weile beobachteten wir den Schulwart, der in dunkelgrüner Latzhose über den Hof schritt und Tausalz auf die Betonstufen streute. Dann zogen wir *Zur Genealogie der Moral* aus dem Bankfach. Wir begriffen kaum ein Wort, doch wärmten uns am Inferno.

Nach der Stunde passte uns die Lehrerin auf dem Gang ab.

»Geht es dir gut?«

Wir nickten.

»Ich bin nicht die Einzige im Konferenzzimmer, die sich darüber wundert, dass du nicht mehr mitarbeitest und auf einmal so schlechte Noten schreibst.«

Wir schauten aus dem Fenster.

»Sogar bei mir und in Deutsch.«

Mit einem weißen Helm im Arm schlenderte die Schulsprecherin zu ihrem Moped.

»Gibt es irgendwelche Probleme? Zu Hause vielleicht?«

Von der Regenrinne löste sich ein Eiszapfen und zerbrach auf dem Beton.

»Warum hast du immer diesen riesigen Rucksack dabei?«

»Alles ist gut«, sagten wir.

Die Lehrerin schob ihre Hornbrille hoch.

»Du musst nicht mit mir sprechen«, sagte sie, »aber sprich mit irgendjemandem.«

»IM ERSTEN UND zweiten Stock leben noch ein paar vereinsamte Omas«, sagte Helix und nahm wieder drei Stufen auf einmal. »Die Wohnungen darüber stehen alle leer.«

Ein muffiger Geruch erfüllte das Treppenhaus. Rund um die Fenster waren die Mauern von Schimmel befallen. Abgebröckelter Putz. Im sechsten Stock stand ein brauner Kaktus.

»Willkommen im Paradies«, sagte Antonitsch und stieß mit dem Hintern die Tür zum Dachboden auf. Er steckte einen Heizstrahler ein und warf seine Jacke in die Ecke. Er schnappte sich drei Mandarinen, die auf einem Dachbalken lagen, und begann zu jonglieren.

»Das Paradies hat sogar einen Balkon«, sagte Helix und öffnete eine graue Brandschutztür.

»Dachterrasse«, murmelte Antonitsch, doch das hörte Helix nicht mehr.

Wir folgten ihr ins Freie. An einer groben Kalksteinbalustrade lehnten zwei Gartensessel. Weiter Nachthimmel. Vollmond. Sterne ohne Zahl. Bankentürme. Rauchende Schlote im Industrieviertel. Ein Kreuzfahrtschiff vor der Autobahnbrücke. Der Dom. Der Stadtsee. Hunderte erleuchtete Fenster. Wir gingen in die Hocke. In den Fugen der Waschbetonplatten klemmten Zigarettenstummel.

»Höhenangst?«, fragte uns Helix.

Wir nickten.

»Komm«, sagte Helix. »Wir gehen wieder rein.«

Antonitsch jonglierte immer noch mit den Mandarinen. Helix drückte auf die Playtaste eines Kassettenspielers. Verzerrte Gitarren, polterndes Schlagzeug. Helix ließ sich auf eine Matratze fallen und grölte mit: »I got something to say! I killed your baby today!«

Staubpartikel tanzten im Lichtkegel einer Nachttischlampe. Zwischen den Falten des Lakens krabbelte ein Ohrenschlürfer.

»And it doesn't matter much to me as long as it's dead!«

Eine Mandarine fiel zu Boden.

»Ich geh noch mal weg«, sagte Antonitsch, rülpste und hob seine Jacke auf.

»Auf dem Balkon steht ein Kübel«, sagte Helix. »Du kannst aber auch einfach über die Balustrade pissen.«

Sie tippte mit dem Zeigefinger gegen unseren Brustkorb.

»Wenn du dich traust. Angst kann man nur überwinden, indem man sich ihr stellt.«

Wir lösten uns aus ihrer Umarmung und erhoben uns. Die Brandschutztür knarrte und rastete ein. Kalte Luft. Hinter uns schlüpfte Helix unter die Decke. Wir traten hinaus auf die Dachterrasse, die Sohlen legten sich auf Waschbeton. An unserem halbsteifen Penis klebte noch das Kondom. Zwei Schritte vor der Balustrade blieben wir stehen. Im Pisskübel stand fingerhoch Eis. Wir versuchten uns zu entspannen. Zitterten. Sterne ohne Zahl. Vollmond. Urin strömte ins Kondom ein. Helix lachte los, jubelte, sprang auf. Wir zogen das prall gefüllte Kondom vorsichtig ab und verschlossen den Ballon mit einem Knoten.

»Siehst du da unten den Balkon?«, fragte Helix. »Den dort, den mit der Deutschland-Flagge?«

»EIN BISSCHEN NOCH«, sagte Helix, und wir sprühten noch mehr Haarspray auf ihre leuchtend gelben Stacheln.

In die Pfosten und Geländer des Pavillons waren Liebesschwüre und Hakenkreuze eingeritzt, Initialen, Telefonnummern, eine Vulva, der Name eines Eishockeyvereins. Auf den Parkwiesen ringsum lag braunes Laub, und in den Beeten wölbte sich harte Erde. Antonitsch schaute in die Wolken über dem Bahnhofsviertel und rauchte.

»Das reicht«, sagte Helix.

Wir ließen die Spraydose sinken. Helix tastete ihre Frisur ab.

»Eine einzige Schneeflocke kann eine Zigarette auslöschen«, sagte Antonitsch.

Er nahm einen tiefen Zug.

»Es schneit doch gar nicht«, sagte Helix, beugte sich vor und verschloss ihre schwere Halskette im Nacken.

»Eben«, sagte Antonitsch, schlenderte aus dem Pavillon hinaus und sprang auf einen steinernen Tischtennistisch. »Deswegen kann ich ja in Ruhe rauchen.«

Er schnalzte mit der Zunge und grinste.

»Trottel«, sagte Helix.

»Frohe Weihnachten, Schwesterherz«, sagte Antonitsch und schnippte eine Zigarette in Helix' Richtung.

Als wir spätnachts in unser Zimmer kamen, fanden wir auf unserem Kissen eine Visitenkarte. *Dr. Kessler, Kinder- und Jugendpsychologe.* Mutter hatte mit rotem Kugelschreiber *Bitte!!* darauf geschrieben.

EINE SERVIETTE MIT Spuren von Lippenstift. Künstliche Blumen. Zuckerstreuer.

»Auf schöne Nägel stehen die Mädchen besonders«, sagte unsere Schwester.

Wir zogen die Hände zurück und verbargen sie in der Bauchtasche unseres Kapuzenpullovers. Der Kellner hantierte an goldglänzenden Zapfhähnen, zerknüllte eine Quittung, wischte über die Theke. Aus den Lautsprechern drangen Celloklänge. Unsere Schwester blickte immer noch dorthin, wo zuvor unsere Hände gelegen hatten, und hauchte: »Sekund… Quint… Oktave.«

Ihr Gesicht, ihr Hals, ihre Arme. Sie war so mager wie eh und je. Einzig ihr Bauch stand rund und prall hervor.

»Wie geht es dem Kind?«, fragten wir.

»Ich weiß es nicht«, sagte sie. »Es ist ja noch nicht da.«

Ein Schlagzeug setzte ein, allmählich klangen die Celli aus, und ein Klavier übernahm die Melodie der Streicher. Der Kellner schnippte im Takt mit den Fingern. Unsere Schwester strich ihre blonden Locken nach hinten.

»Auf schöne Nägel stehen die Mädchen besonders«, sagte unsere Schwester wieder. Sie sagte es wie eine Schauspielerin, die ihren einzigen Satz lernt. Dann führte sie das längst geleerte Glas an ihre Lippen und tat so, als würde sie trinken.

ANTONITSCH SPUCKTE AUS und ließ den Schneeball von einer Hand in die andere rollen. Er schaute auf das Gebäude, das sich hinter dem Parkplatz erhob. An der Front prangten altmodische Leuchtbuchstaben: *Turmhotel*.

»Sollen wir Papi einen Besuch abstatten?«, fragte Antonitsch und grinste Helix an.

»Sicher nicht«, murrte sie. »Wenn ich da mal reingehe, dann nicht mit einem Schneeball, sondern mit einem Flammenwerfer.«

Antonitsch nahm drei Schritte Anlauf und warf den Schneeball in Richtung des Hotels.

»In der Absteige arbeitet unser Vater«, erklärte uns Helix.

Der Schneeball landete mit einem dumpfen Laut auf dem Dach eines Kleinbusses.

»War früher Lehrer«, fuhr Helix fort. »Turnen und Geografie.«

»Klassische Kombi«, sagte Antonitsch, bückte sich und formte einen neuen Schneeball.

»Richtiger Nazi«, sagte Helix. »Hat deswegen sogar seinen Job verloren.«

»Und das muss man mal schaffen in einem System voller Nazis«, sagte Antonitsch, stand auf und holte wieder aus. Der Schneeball schlug knapp vor der Eingangstür auf.

Helix verzog ihr Gesicht zu einer Fratze und sprach mit verstellter Stimme: »Es liegt im Naturell des Tschechen zu lügen.«

Wir griffen in den Schnee.

Der Ball, den wir warfen, traf die Leuchtschrift des Hotels mit voller Wucht. Die beiden letzten beiden Buchstaben flackerten auf und wurden dunkel.

»*Turmhot*«, lachte Helix. »Das gefällt mir.«

Antonitsch kannte jemanden, der wusste, wo ein narbengesichtiger Türsteher hinter einem Gittertor Lakritzschnecken kaute und den Eingang einer neuen Kaschemme bewachte. *Café Against The Machine.*

Über der Bar hing eine Totenkopfflagge, gehalten von vier Streifen silbergrauem Gafferband. Antonitsch und Helix klatschten mit dem Mann hinter dem Tresen ab. Flaschenbier kostete zwanzig Schilling, andere Getränke gab es nicht zu kaufen. Der Fliesenboden war verdreckt und klebte an den Sohlen. Aus den Rissen der Eckcouch quoll gelber Schaumstoff. Wir schoben uns an Lederjacken und Holzfällerhemden vorbei in den hinteren Teil des Raumes, wo ein Punk Dartpfeile gegen eine bröcklige Korkwand warf. Die Lautsprecherboxen krachten. Ein Mädchen mit riesigem Nasenring lungerte in einer Fensternische und streichelte apathisch eine hechelnde Dogge. Wir entdeckten die Tür zum Hof.

Ziegelmauern. Vernagelte Fenster. Eine Möwe hüpfte zwischen ein paar ausgestreuten Reißnägeln umher, schnappte mit ihrem roten Schnabel nach einem grünen Müllsack, pickte Löcher ins Plastik, verteilte Tomatenstängel, Eierschalen und Kaffeesud unter der Feuertreppe. Hinter uns ging die Tür auf, die Musik schwoll an. Ein Mann in Schottenrock und Jeansjacke torkelte in den Hof, sah uns, schwankte, taumelte zur Seite. Die Möwe flatterte hoch, der Mann stieß gegen die Feuertreppe, rutschte zu Boden und griff in einen Reißnagel. Langsam hob er seine blutende Hand.

»Scheiße.«

Wir zogen den Kugelschreiber aus der Hosentasche, schrieben *Brauchen Sie Hilfe?* auf die Rückseite einer Busfahrkarte und hielten sie dem Mann vor das Gesicht. Der glotzte auf unsere Blockschrift, furzte, sagte: »Fick dich«, und leckte Blut von seinem Ringfinger.

Auf dem Heimweg knirschte der Rollsplitt unter den Stiefeln. Helix sprühte große weiße Buchstaben auf ein Friedhofsportal: *Der Tod ist bunt.* Antonitsch durchstöberte währenddessen einen Altpapiercontainer und entdeckte eine Broschüre von Scientology. Er blätterte darin und las schließlich das Zitat von *Mirjam, 22 Jahre* vor: »Freunde, rührt diesen Mist nicht an. Joints haben mich zu einer heroinsüchtigen Hure gemacht.«

Antonitsch lachte schallend, warf die Broschüre hinter sich in ein entlaubtes Gebüsch und stapfte weiter durch den verharschten Schnee am Wegrand.

EINGESCHLAGEN IN EINE mottenzerfressene Decke lagen wir in der Wiese vor dem Stadtsee. Wir zeichneten mit Lackstift Flammen auf die Innenseite unseres Unterarms und lauschten dabei den Geräuschen, die von der Anlegestelle kamen. Dem Knarren der Taue. Dem Klicken der Ketten in den Eisenringen. Ein Bug stieß dumpf gegen den Steg.

»Krokusse«, sagte Helix und zeigte auf die Blumen im Gras vor uns. »Erinnern mich immer an Tauben.«

Wir sahen Helix an.

»Wegen der Farben«, sagte sie. »Tauben haben etwas Weißes und etwas Violettes.«

Wir schürzten die Lippen. Neben eine halbfertige Flamme schrieben wir *Es gibt keine gelben Tauben* und hielten Helix unseren Unterarm hin. Helix fasste uns grob ins Gesicht und drückte unseren Kopf von ihr weg.

»Deine Mutter ist keine gelbe Taube.«

Sie sprang auf, schritt über die Wiese, querte die Allee. Auf dem Steg verschränkte sie ihre Arme. Zwei Schwäne steckten einander die Schnäbel ins Gefieder. Helix spuckte in eine der Zillen. Wir blieben liegen, rissen Halme aus.

»Komm«, sagte Mutter und atmete schwer ins Telefon.

Wir traten gegen den Medizinball, wuchteten ihn gegen einen Wagen, auf dem sich blaue Turnmatten stapelten. Unser Rist pochte.

»Deiner Schwester geht es wirklich schlecht. Paul ist wie vom Erdboden verschluckt. Alleine schafft sie das alles nicht!«

Auf der Tribüne führten Metallschienen über breite Betonstufen. Die Sitzschalen waren abgeschraubt worden.

»Bitte! Du hast doch auch den Kleinen noch gar nie gesehen.«

Die bunten Bodenmarkierungen waren mit Schutt übersät, die hohen Fenster blind vor Schmutz.

»Er fängt schon bald zu sprechen an …«

Wir hockten uns zwischen die Pfosten eines Fußballtors, das kein Netz mehr hatte, massierten mit der freien Hand unseren Nacken. Die Tür der Herrengarderobe wurde aufgestoßen und lautes Gelächter ertönte. Rasch schalteten wir das Handy aus und verbargen es im Ärmel unseres Mantels. Helix fuhr auf ihrem Snakeboard herein. Antonitsch lief ihr hinterher und rief: »Stehen bleiben! Polizei! Sie sind in eine Bruchbude eingebrochen und treiben Sport in einer Sporthalle!«

»WENN DU SO weitermachst, wirst du das Jahr wiederholen müssen«, sagte der Klassenvorstand, während er seine Füllfeder mit einer roten Tintenpatrone bestückte.

Draußen vor der Schule lärmten Erstklässler. Sie duellierten sich mit abgebrochenen Zweigen, zeigten mit den Fingern aufeinander, hasteten zur Straßenbahnhaltestelle.

»Schau dir deine Fehlstunden an«, sagte der Klassenvorstand, schraubte seine Füllfeder zu und zeigte auf eine Spalte mit Ziffern.

»Alle unentschuldigt.«

Wir nickten und kratzten einen Fleck von unseren Jeans ab. Magertopfen. An der Mauer der Turnhalle zerplatzte eine Wasserbombe.

»Hast du denn gar nichts dazu zu sagen?«

Das Handy vibrierte in der Hosentasche. Wir holten es heraus, zögerten kurz, drückten den Anruf unserer Schwester weg.

»WORAUF WARTET IHR?«, sagte Helix. »Wünscht euch was!«

Antonitsch blies einen Rauchring in die Luft, der langsam auf die Balustrade zuwaberte.

»Lass mich bloß in Ruhe mit deinem verkackten Meteor«, sagte Antonitsch.

Von der Spitze seines Joints löste sich Asche und landete auf dem Stiefel, den er mit dünnem Draht geschnürt hatte. Durch die Ösen des anderen Stiefels wand sich ein breites Schuhband in Regenbogenfarben.

»Das war kein Meteor, du Trottel, das war eine Sternschnuppe«, sagte Helix und boxte ihrem Bruder gegen die Schulter.

Antonitsch lachte auf.

»Na, wenn das so ist, Frau Einstein!«

Er trat den halbaufgerauchten Joint auf dem Waschbeton aus.

»Dann wünsche ich mir, dass du dein Maul hältst. Wie der da.«

Er nickte in unsere Richtung, drehte sich um, drückte die Kunststoffklinke der Feuerschutztür nach unten und verschwand im Inneren. Helix schloss die Augen. Wir hörten, wie die Tür zum Paradies aufgezogen und zugedroschen wurde. Irgendwo unter uns in der Stadt hob ein Hupkonzert an. Wir holten einen Kugelschreiber und ein gefaltetes Zeichenblatt aus der Hosentasche, um einen Wunsch zu notieren. Als wir den Stift auf das Papier setzten, schlüpfte Helix in ihre Jacke und rannte Antonitsch hinterher. *Diabolus X Machina*. Das Hupkonzert rückte heran. In der Regenrinne über uns scharrte ein Tier.

Wir suchten den Park ab, umrundeten den eingezäunten Müllcontainerplatz, gingen im Slalom durch die Reihen der Kegelhecken, gelangten an eine Straße. Blumenladen, Baustelle, Videothek. Keine Spur von Helix oder Antonitsch. Neben uns rieb eine Katze ihren Kopf an einem Hydranten. Vater rief an. Es war zwei Uhr früh.

»Und? Was gibt es Neues?«, lallte er.

»Nicht viel«, antworteten wir.

Im Rinnstein schimmerten die dunkelgrünen Scherben einer Sektflasche.

»Wie gehts dir?«, fragten wir in die Stille.

»Muss gehen«, sagte Vater.

Langsam streckten wir die Hand nach der Katze aus.

»Wann kommst du heim?«, fragte Vater. »Deine Mutter macht sich Sorgen.«

Die Katze bemerkte unsere nahende Hand, schnellte herum, huschte in ein Gebüsch.

»Alles klar«, sagte Vater und legte auf.

Auf dem Rückweg zum Paradies kratzten wir uns die Kopfhaut blutig.

Helix lag auf ihrem Bettzeug und holte mit einem Stanley-Messer den Dreck unter ihren Fingernägeln hervor. Ein Bein hatte sie angewinkelt und neben der Matratze auf ihrem Snakeboard abgestellt.

»Ich hasse mich, wenn ich heule«, sagte sie und schleuderte das Stanley-Messer in die Ecke.

Ein Stück der Klinge splitterte ab. Mit ihrer Ferse zog Helix das Snakeboard zu sich heran, schob es von sich weg, zog es wieder heran.

»Ich weine wie meine verfickte Mutter.«

Wir setzten uns auf die Matratze, schmissen dabei versehentlich eine leere Bierflasche um, versuchten Helix zu umarmen.

»Lass den Scheiß!«

Wir wichen zurück und klemmten die Hände zwischen unsere Oberschenkel. Helix stieß ihr Board weg. Es machte eine scharfe Kurve auf dem Estrich und prallte gegen die Wand.

»Ich will ein Wikingerbegräbnis haben«, sagte Helix.

Wir holten den Zeichenblock hervor und schrieben *Was ist los?* auf das oberste Blatt. Doch bevor wir Helix die Nachricht zeigen konnten, hatte sie sich zur Seite gerollt und aufgerichtet. Sie zwängte sich in ihre Stiefel, stand auf und öffnete die Tür zur Dachterrasse. Kühle Nachtluft strömte herein. Helix ließ die Tür einrasten, erklomm die Balustrade und balancierte darauf herum. Wir lösten das Blatt, schrieben in großen schwarzen Buchstaben *Komm runter!* auf das nächste, traten hinaus und hielten Helix den Zeichenblock hin.

»Du sagst mir gar nichts!«, fauchte sie uns an, stürzte sich von der Balustrade und schlug mit den Fäusten auf uns ein. »Gar nichts! Gar nichts! Gar nichts!«

Wir duckten uns weg, hoben die Arme vor den Kopf.

»Hör auf!«, schrien wir.

Helix ließ von uns ab. Sie schritt wieder vor zur Balustrade, zog ihre Hose herunter und ging in die Hocke.

»Du bist nicht stumm«, sagte sie, während sie auf den Waschbeton pisste. »Aber du fickst richtig behindert.«

Sie wischte sich Rotz und Tränen aus dem Gesicht.

»Verschwinde.«

Wir folgten stromabwärts den grauen Strudeln des Flusses. Zwischen den Ufersteinen gluckste das Wasser. Als wir die letzte Straßenlaterne hinter uns gelassen hatten, tat sich linker Hand eine weite Grünfläche auf. Baumstümpfe und Feuerstellen, eine Halfpipe, deren Rückseite mit Botschaften besprüht war: *ZerberusZerberusZerberus was here, A.C.A.B., You'll never walk alone.* Mit jedem Schritt auf dem Uferweg rückte die Stadt von uns ab, der Lärm der Menschen und Maschinen. Wir kauerten in der Dunkelheit, die Hände in zwei Büschel Halme gekrallt. Gras. Es war einfach da, als wäre es nichts. Als wäre das nichts in diesen kleinen Fäusten.

BEI SONNENAUFGANG LIEFEN wir durch die Au, stiegen über Metallgitterstufen hoch auf den asphaltierten Weg, durchquerten die Spielplatzwiese, sprangen von Fliegenpilzhocker zu Fliegenpilzhocker und kletterten über den flechtenbefallenen Zaun in den Garten unserer Eltern. Unter der Buche machten wir halt. Durch das Terrassenfenster beobachteten wir, wie Vater Kren rieb und auf Brotscheiben streute. Mutter lag im Morgenmantel auf dem Sofa. Der Philodendron stieß beinahe an der Zimmerdecke an. Wir pressten die Stirn gegen die Buchenrinde. Kalter Wind kam auf. Die Augen juckten. Schwarze Flecken glitten über das Gras, die Schatten dreier Schwalben.

»Gott sei Dank, da bist du ja!«, rief Mutter aus.

Wir wehrten ihre Umarmung ab.

»Willst du etwas essen?«, fragte sie.

»Nein«, sagten wir.

»Bist du dir sicher?«

»Ja!«, brüllten wir, und Mutter zuckte zusammen.

Wir behielten die Stiefel an, eilten durch den Vorraum zur Stiege, sahen Vater im Wohnzimmer sitzen, den Teller mit den Broten auf dem Schoß. Oben stellten wir den Rucksack auf unser Bett, zogen Schmutzwäsche heraus, packten die Taschenlampe ein und stopften ein paar frische Unterhosen zwischen Schlafsack und Isomatte.

»Lass ihn«, hörten wir Vater unten sagen. »Lass ihn einfach.«

Wir schulterten den halbvollen Rucksack und gingen in das alte Zimmer unserer Schwester. Vor der verstaubten Bücherwand stand ein Bügelbrett. Wir schnappten das Maradona-Trikot, das darauf lag.

Am Fuß der Stiege wartete Mutter auf uns.

»Ich habe dir das Trikot gewaschen, weil –«

Wir stampften an ihr vorbei in die Küche, rissen eine Schublade auf und kramten darin. Zaghaft trat Mutter an uns heran. Wir drückten die Lade zu und schnellten herum, erblickten Vaters Sturmfeuerzeug auf dem Tisch, griffen danach.

»Was hast du denn vor mit –«

»Nichts!«, schrien wir und verließen das Haus.

WIR HOBEN EINEN der beiden Benzinkanister aus dem Regal und ließen ihn neben dem Bowlingkegel in den Rucksack gleiten. Auf den Kanister legten wir Großvaters Wanderkarte. *Das Rotauer Massiv.* Wir stellten uns dicht an das Fenster und ließen Luft aus dem Rachen strömen. Als unsere Fingerspitze das Glas berührte, war der Beschlag bereits wieder weg. Wir rollten die Tonne zur Seite und zerstörten dabei das Mosaik, das wir am Tag von Großmutters Tod gestaltet hatten. Wir führten den Hüttenschlüssel in das Schloss des Eisenwürfels ein und versuchten den Schlüssel zu drehen. Wir wanden mehr Kraft auf.

Allmählich wurde der Schein der Taschenlampe schwächer. Wir mussten immer näher an die Grabsteine herantreten, um die Inschriften zu entziffern. Vor einer Marmortafel stießen wir unabsichtlich eine Blumenvase um, drei Gräber weiter traten wir die Scheibe einer Laterne ein. Im Rucksack schwappte das Benzin. Nachdem wir auf einem Granitblock endlich den Namen der Aschbach-Großmutter entdeckt hatten, knieten wir uns in den Kies des Friedhofsweges. Wir zogen den Schlüssel aus der Hosentasche, drückten ihn tief in die Graberde und verwischten das entstandene Loch. Wir zündeten eine Kerze an, steckten sie zwischen lila Blüten in die Erde. Irgendwo im Dorf bellte ein Hund. Ein Windstoß löschte die Kerze. Wir legten eine Hand auf den Granit.

WIR GINGEN AM Rand des Steges entlang, den Kanister in den Händen, und schütteten Benzin auf jede Zille. Danach wickelten wir das Maradona-Trikot um den Bowlingkegel, knoteten es fest, tränkten es mit Benzin. Wir entfachten die Fackel mit Vaters Sturmfeuerzeug. Wir schritten den Steg in die Gegenrichtung ab und setzten ein Boot nach dem anderen in Brand. Es knisterte. Es knackte, loderte. Wir warfen die Fackel in eine der Zillen und den Kanister hinterher.

Wir betrachteten uns in der Spiegelscherbe. Im orangen Feuerschein gab es keine verwundete Haut. Wir schlossen die Augen. Der Wind fuhr in die Flammen, fauchend bauschte sich das Feuer auf, Hitze schlug uns entgegen. Zwischen den Brettern des Steges zitterten Schilfhalme. In der Ferne hob eine Sirene an. Wir schnappten den Rucksack, rannten zurück, quer über die Allee, durch die Wiese, am Bootshaus vorbei und die Böschung hinauf. Am Waldrand legten wir uns hinter hohes, dürres Gras. Funken schwebten vor dem Mond. Acht brennende Zillen. Als der Feuerwehrwagen in die Allee einbog und vor der Anlegestelle des Stadtsees abbremste, war das Feuer schon auf den Steg übergesprungen. Wir robbten rückwärts ins Unterholz.

KLAPPERND FORMIERTEN SICH die Zeilen neu, *Abfahrts-*
zeit – Bahnsteig – Zugart – Zugnummer – Zielort über –
Anmerkungen – Ausmaß der Verspätung.

Wir lösten den Blick von der Anzeigetafel und gingen
zum Schalter.

»Nach Rotau?«, sagte der Bahnbeamte und tippte in
seine Tastatur. »Ein bisschen musst du dich beeilen. Ist
die letzte Verbindung für heute.«

Der Drucker neben dem Beamten surrte und ein Blatt
glitt heraus. *Reiseinformation. 2 × umsteigen.*

Auf dem Bahnsteig riefen wir Vater an und sagten ihm,
dass wir in nächster Zeit nicht erreichbar sein würden. Er
übergab das Telefon an Mutter.

»Schon wieder? Und was ist, wenn ich sterbe?«

»Dann stirbst du eben nicht«, sagten wir.

Mutter schluckte hörbar.

»Ich will doch nur ein bisschen an deinem Leben teil-
haben«, sagte sie.

Aus den Lautsprechern über uns ertönten rasch nach-
einander vier Töne, Grundton – Sekund – Terz – Quint,
gefolgt von einer Durchsage:»Bitte lassen Sie Ihr Gepäck
nicht unbeaufsichtigt. Es sind in letzter Zeit vermehrt
Taschendiebstähle aufgetreten.«

Wir schalteten das Handy aus, steckten es in ein
Seitenfach des Rucksacks und schlossen den Reißverschluss.

Nicht hinauslehnen – Do not lean out – E pericoloso spor-
gersi – Ne pas se pencher au dehors. Wir malten uns aus,
wie wir den Kopf aus dem Fenster in den Fahrtwind halten, wie wir mit halbgeöffneten Augen dem Druck und
der Kälte trotzen. Wir zogen das Fenster nach unten. Das
Signalhorn des Zuges, das Klingeln beim Passieren eines
Bahnübergangs, ein verwischter Schrei, Stahlräder ratter-
ten über Gleisfugen. *Irgendwohin, wo es Papageien gibt.*

Wir ließen uns auf die gepolsterte Sitzreihe fallen und drückten die Handflächen gegen unser Gesicht. *Du fickst richtig behindert.*

Nicht reserviert – Not reserved – Non riservato – Non réservé. Eine Frau und ein kleiner Bub setzten sich in unser Abteil. Wir taten, als schliefen wir.

»Na, Daniel, wie viele Bundesländer hat Österreich und wie heißen sie?«, fragte die Frau.

Der Bub antwortete nicht. Im Abteil hinter uns wurden quietschend Nackenstützen verschoben.

»Also gut, ich zähle sie dir auf. Es sind neun. Niederösterreich, Wien, Oberösterreich, Burgenland, Kärnten, Steiermark, Salzburg, Tirol, Vorarlberg. Welche hast du dir gemerkt?«

»Niederlande.«

Der Schaffner öffnete die Tür. Wortlos stempelte er die Fahrkarte der Frau. Wir streiften die Kapuze ab und reichten ihm den zerknitterten Freifahrtausweis. *Angehörige/r einer/eines Bundesbahnbediensteten.* Der Schaffner lächelte.

»Schönen Gruß zu Hause!«, sagte er und verließ das Abteil.

Wir lehnten den Kopf wieder gegen die Fensterscheibe.

»Mama«, flüsterte der Bub, »was hat der Mann da am Hals?«

Die Gegend um den Rotauer Bahnhof war spärlich besiedelt, der Warteraum unverschlossen. Wir stellten den Rucksack darin ab, rollten vor dem Getränkeautomaten die Isomatte aus und gingen noch einmal ins Freie. Auf der Mauer neben dem Fahrplan saß reglos eine Eidechse. Wir traten aus dem Schein der Leuchtstoffröhren. Klarer Sternenhimmel. Das W der Kassiopeia. Ein blinkendes Flugzeug. *Dein Großvater wollte im Rotauer Massiv sterben. Hinterm Kreidesee. Bei den Gämsen. Und nicht neben einer Kloschüssel.* Eine Ratte lief über den Schotter zwischen den Schienen und schlüpfte in ein Loch im Gleisbett.

Mitten in der Nacht schraken wir hoch. Wir wanden uns aus dem Schlafsack, rissen die Tür zur Toilette auf, drehten am Kaltwasserhahn. Kein Tropfen kam aus der Leitung. Spiegelbild. Versengte Wimpern. Schweißfilm. Wir droschen auf die Armbeugen ein, um den Juckreiz mit Schmerz zu überlagern, und durchwühlten den Rucksack auf der Suche nach der Cortisonsalbe.

Während wir in der Morgendämmerung durch den Bruchwald streiften, holte uns immer wieder eine Vorstellung ein. Die Arme tief in einen Eisblock stecken, festfrieren und langsam absterben lassen. Wir passierten rot-graue Häuschen mit verwilderten Gärten, in denen Trampoline und verholzte Sträucher standen. Vor einem Zwetschkenbaum, den der Blitz gespalten hatte, lag ein Kuhfladen. Elf schimmernde Fliegen. Zehn. Dreizehn. Gedankenverloren griffen wir in einen Weidezaun, Stromschlag, zogen die Hand zurück. *Er ist stumm. Und er gehört jetzt zu uns.* Wir nahmen einen Schluck Wasser aus der Trinkflasche und wanderten weiter, über eine Grasnarbe, die zwischen einem Kartoffelacker und einer steinigen Brache verlief. Schlugen mit der flachen Hand gegen Klatschmohnblüten. Die trägen Blicke der Kühe folgten uns.

Auf halbem Weg querten wir die Landstraße. Wir traten gegen einen Leitpflock, und aus dem Profil der Stiefelsohlen lösten sich Erdkrumen und Baumnadeln. Wir gingen in die Knie und berührten das taunasse Gras. Vor uns saß ein Marienkäfer auf einem Brennnesselblatt. Hinter uns hupte es.
»Soll ich dich mitnehmen?«

Wir blieben hocken, wandten uns nicht um, schüttelten den Kopf.

Als wir wieder auftauchten, bogen sich die Birken im Wind. Fein gezackte Blätter landeten auf dem Wasser. Der Kreidesee war kalt und türkis. Wir wateten zurück ans Ufer, und schnatternd watschelten ein paar Enten davon. Neben einem verbeulten Zeltgestänge, das verloren auf dem Kies lag, ließen wir uns von der Sonne trocknen. *Das sind viele kleine Steinchen, die gemeinsam ein Ganzes ergeben.* Wir merkten, wie müde wir waren. Träumten. Wir stehen im Wald. Kaltes Licht. Das Eis füllt unsere Mundhöhle aus.

Wir erreichten die südliche Spitze des Sees. Mitten auf dem Parkplatz schaute ein schmaler Mann in den Himmel. Erst glaubten wir, das Gerät in seinen Händen sei eine Fernsteuerung, und suchten in der Luft nach einem Modellflugzeug. Als wir uns näherten, hörten wir den italienischen Schlager, der aus dem Kofferradio kam, das der Mann vor seinem Bauch hielt. Der Mann sang leise mit. Falls er uns wahrnahm, schenkte er uns keine Beachtung. Wir umrundeten die Holzschranke am Ende des Parkplatzes und schritten über eine Forststraße auf das Rotauer Massiv zu. Dreimal führte uns eine Brücke über den Bach, der dem Kreidesee kristallklares Gebirgswasser brachte. Glattgewaschene Kiesel. Konservendosen.

Der Ruf eines Uhus. Weiche, gespenstische Laute. Wir machten einen letzten Sit-up, streckten Arme und Beine aus, horchten, doch es blieb still. Der Uhu rief nicht mehr. Nur der Wasserfall plätscherte sacht. Wir lagen unter einem Felsvorsprung im Tal. Ringsum Schutt und Wildblumen und Gämsenknochen. Vor uns im Mondlicht ragte ein Berg auf. Wir zogen die Wanderkarte aus dem

Seitenfach des Rucksacks und kontrollierten noch einmal unsere Position. Wir waren an dem Ort, der mit einem X markiert war. Wir sind nicht die Ersten. Irgendwann musste Großvater hier gewesen sein. Wir sind nicht die Letzten. Vielleicht hatte er genau hier sterben wollen. Auf dem Hang regten sich Schemen, Hufe klapperten, Hörner schabten, Gestein rieselte herab. *Angst kann man nur überwinden, indem man sich ihr stellt.*

»Soll ich die Bergrettung rufen?«, rief uns von unten ein Wanderer zu.

Wir befanden uns nur knapp unterhalb des Weges, aber standen jetzt schon minutenlang im Hang, die Finger in den Felsen gekrallt. Wir hatten den Granit über uns abgetastet, aber außer zwei Grasbüscheln nichts gefunden, woran wir uns hätten festhalten können. Der Vorsprung links von uns war zu weit weg. Rechts von uns war alles glatt. Von der Nasenspitze tropfte Schweiß. Wir stellten uns vor, wie unsere Kraft versagt, wie die Bauchdecke aufreißt, während wir den Hang hinunter in die Tiefe rutschen.

»Nein, danke!«, riefen wir. »Alles ist gut.«

Aus dem Augenwinkel sahen wir, wie der Wanderer hinter einem Findling verschwand. Uns blieb keine andere Wahl mehr. Wir atmeten ein, verlagerten das Gewicht und griffen zugleich nach einem der Grasbüschel über uns, zogen uns hoch. Das Grasbüschel hielt. Wir krochen auf ein Stück Wiese neben dem Wanderweg, legten uns auf den Rücken. Die Welt war ein Puzzle und bestand aus zwei Teilen: Bergkette, Himmel.

Wir wanderten durch eine Schlucht und summten den Refrain des italienischen Schlagers. Klatschten den Nacken ab. Metallisches Echo. *Aber er tut so, als würde er mich nicht hören.* Zwischen den Ausläufern einer Gletscherzunge nahmen wir Großvaters Karte zur Hand und schrieben auf die Hinterseite einen Brief an uns selbst. Er setzte sich aus einzelnen Hauptwörtern zusammen: *Jahrmillionen, Ferien, Röteln, Alpen, Geschwister, Gezeiten, Umschweife, Trümmer, Tropen.*

Wir wateten barfuß durch eiskalte Becken, schlüpften wieder in die Stiefel und stiegen neben dem Wasserfall nach oben. Über eine grüne Hochebene gelangten wir zu einer Höhle, vor deren Eingang ein Schild prangte: *Mineralien sammeln verboten!* Bevor wir den Abstieg begannen, rasteten wir, beobachteten, wie sich zwei Kondensstreifen in Luft auflösten.

Die Wetterlage kippte und Gewitterkrach rollte durchs Tal. Wir beschleunigten die Schritte, schlitterten über eine Geröllhalde, liefen los, stolperten über einen verwachsenen Baumstumpf, stemmten uns hoch und rannten weiter, krochen unter den Felsvorsprung, zurück in unser Lager. Wolkenbruch. Donnerknall. *Meine linke Hand ist angenehm schwer.* Die Arme, eingeklemmt zwischen Rücken und Isomatte, wurden allmählich taub. *Lass ihn. Lass ihn einfach.* Regen prasselte gegen den Splitt.

Wir vernahmen Stimmen, klappten den Zeichenblock zu, verbargen uns im Gebüsch.

»Schau, Sohnemann! Dort oben springen die Gämsen.«

»Schatz, kann ich die Karte noch einmal haben?«

»So ein Pfirsichkern schaut ein bisschen aus wie ein Gehirn.«

»Kein Grund zu quengeln, Sohnemann, das sind keine Angriffstiere.«

»Und ganz weit weg.«

»Wir sind richtig. Die blaue Markierung ist unsere.«

»Geschickte Viecher.«

»Der Typ vom Parkplatz war wirklich der Hammer.«

»Eine Walnuss schaut aus wie ein Gehirn.«

»Auch, ja.«

Als die Wandergruppe außer Sichtweite war, kamen wir aus dem Gebüsch hervor, kickten den ausgebleichten Pfirsichkern in den Bach und setzten uns wieder in die Sonne. *Der Stein ist dein Freund.* Wir versuchten uns einen Schiefer aus dem Handballen zu ziehen. Unsere Fingernägel waren zu kurz. *Du hast die Kraft, den Fluch aufzuhalten, euch alle zu heilen.* Wir schraffierten Graugänse, fertigten Skizzen von pilzbefallenem Totholz an.

Wir wollten durchhalten und kämpfen, doch am vierten Tag ging uns die Cortisonsalbe aus. Wir aßen den letzten Müsliriegel und stopften den Schlafsack zurück in seine Hülle. Vor uns kreuzten einander die getrockneten Schleimspuren zweier Schnecken. Wir befühlten die nässenden Armbeugen und die Schrammen an den Knien. *Das muss dir nicht leidtun. Manchmal verliert man Dinge eben.* Starrten in ein Gestrüpp. Schulterten den Rucksack.

Schon von Weitem hörten wir das Blöken. Drei schwarze Lämmer standen nebeneinander in der Wiese und stießen ihre hellen Rufe aus. Sie blökten und lauschten, blökten wieder, lauschten. Machte eines zwei Schritte in irgendeine Richtung, taten es ihm die anderen beiden nach. Sie ließen nicht voneinander ab. Dumpfes Getrampel hob an. Hinter einem bewaldeten Hügel tauchte eine Schafherde auf. An ihrer Spitze, ein paar Meter vor dem Rest der Herde, lief ein großes, rotbraunes Tier mit zotteligem Fell. Seine Ohren schlackerten, und es blökte aufgeregt, viel tiefer als die Lämmer, die sich nun nicht mehr von der Stelle rührten, aber eifrig Antwort gaben. Sobald das rotbraune Schaf die Lämmer erreicht hatte, schnupperte es an deren Hinterteilen und stupste sie in die Flanken. *Aber deine Mutter fühlte nichts. So etwas gibt es.* Die Herde beruhigte sich.

Kurz vor dem Parkplatz war an einer hohen Lärche ein Pfeilschild angenagelt: *Gasthof zum Kreidesee 250 m.* Wir versuchten das Fließen des Harzes wahrzunehmen. Es quoll zu langsam aus den Rindenspalten. Wir wandten uns ab, rutschten auf den Wurzeln aus und griffen in einen Vogelkadaver.

Das Wasser vermischte sich mit Seifenschaum und dunkler Erde und verschwand im Abfluss des Waschbeckens. Wir zogen das verschwitzte T-Shirt aus, duschten lauwarm, tupften uns trocken. Vor dem Fenster des Hotelzimmers wuchs wilder Wein. Bald würde er feuerrot leuchten. Zwei Schwäne glitten mit dem Wind über den Kreidesee. Wir fielen ins Bett. Der Juckreiz wurde übermächtig. *Auf schöne Nägel stehen die Mädchen besonders.*

Wir fanden uns auf dem Boden liegend wieder, den aufgerauten Nacken auf den Rand der Duschwanne gestützt. Das schmutzige Gelb der Badezimmerdecke. Draußen heulte eine Motorsäge auf. Tasteten nach dem Rucksack, schalteten das Handy ein. Sechsundzwanzig Anrufe in Abwesenheit, vier Sprachnachrichten.

WIR FOLGTEN DEM Pfleger durch die Gänge der Anstalt, bis er vor der Gemeinschaftsküche haltmachte, sich zu uns umdrehte und durch die offene Tür deutete.

»Hier«, sagte er und schaute auf seinen Pager. »Ich muss in den Männertrakt. Du kommst zurecht?«

Wir nickten. Der Pfleger ging zügig den Flur hinunter, wir betraten die Küche. Unsere Schwester stand zwischen den Flügeltüren eines weißen Schrankes, hob einen Stapel bunter Plastikteller heraus und stellte ihn in ein Regalfach darüber.

»Hallo«, sagten wir.

Unsere Schwester bückte sich und richtete die Griffe der Pfannen parallel zueinander aus. Sie trug ein weites Nachthemd und ihr Haar war so kurz, dass wir die Narbe sehen konnten, die wir ihr einst mit dem Spielzeugschwert zugefügt hatten.

»Hallo«, sagten wir noch einmal.

Unsere Schwester begann die Kuchenformen in eine neue Ordnung zu bringen. Für einige Momente froren ihre Bewegungen ein und sie verharrte reglos vor dem Schrank. Schließlich ergriff sie ein Weinglas aus Kunststoff und hielt es gegen das Sonnenlicht.

»Hast du auch so fettige Finger wie ich?«, fragte sie und räumte das Glas zurück in den Schrank. »Ich müsste sie alle zehn Minuten waschen.«

WIR SAGTEN MUTTER, dass wir sie lieben. Es war nicht wahr. Wir streichelten ihr weiß gesträhntes Haar. Über dem Sofa hingen immer noch dieselben Bilder. Die Ornamente unserer Schwester: schwarze Kugelschreiberlinien auf kariertem Untergrund, verzierte Linienspiegel, Löschpapier mit symmetrischen Mustern. Die Filzstiftfarben unserer Kinderzeichnungen waren ausgebleicht: Wälder und Städte und Menschen. Monster ohne Hals. In der Obstschale befand sich nichts außer einer traubenlosen Weinrispe. Vater reichte uns einen gefalteten Zettel. Unsere Schwester hatte die Blockbuchstaben sorgfältig auf hellblaues Papier gesetzt. Der Brief hatte keine Anrede. Der erste Satz lautete: *Ich will ihm das Leben ersparen.*

Unsere Schwester hatte ihren Sohn mit einem Kissen erstickt, den Brief zu dem toten Kind ins Gitterbett gelegt und im Schlafzimmer auf die Polizei gewartet. Ihr Sohn war acht Monate alt geworden. Wir hatten ihn nie zu Gesicht bekommen.

Als Mutter aufstand, um sich frisches Wasser und Taschentücher zu holen, griff Vater zum Flaschenöffner.

»Wir brauchen dich jetzt«, sagte er und schleppte sich auf die Terrasse.

Spätnachts verließen wir noch einmal das Haus, kletterten über den Gartenzaun und gingen auf den Spielplatz. Wir balancierten auf dem Balken der Wippschaukel. Wir stiegen auf jeden Fliegenpilzhocker. Legten uns in die Rutsche, sahen den Mond und die Spiegelung des Mondes im Fluss. Wir glätteten mit den Sohlen unserer Stiefel den Sand in der Sandkiste. Wir sprangen hoch, umschlossen mit beiden Händen die Reckstange, baumelten leicht hin und her, machten die Augen zu und streckten die Glieder. Die Wirbel knackten.

Das Herz pochte gegen die Matratze. Wir konnten uns drehen und wenden, wie wir wollten, wir fanden keinen

Schlaf. Das leise Klopfen der Heizungsrohre. Das minütliche Umspringen der Digitaluhr. Das Heben und Senken des Brustkorbes. Die Lidschläge in der Dunkelheit.

Wir erwachten vom Schreien unseres Vaters: »Fluch, Fluch, Fluch – ich kann es nicht mehr hören!«

Wir schnellten hoch und liefen ins Wohnzimmer.

Vater schlug mit der Faust auf die Kredenz und brüllte in den Telefonhörer: »Nein, du hörst mir jetzt zu! Es gibt keinen Fluch! Sie sind einfach krank, hast du gehört? Krank!«

Mit dem letzten Wort donnerte Vater den Hörer auf die Gabel. Mutter saß auf dem Sofa, wimmernd, presste die Handballen gegen ihre Ohrmuscheln. Als Vater uns erblickte, atmete er tief durch.

»Deine Tante ist so eine …«

Mutter packte einen Polster und warf ihn vor Vater auf den Boden.

»Ich fahre jetzt zu deiner Schwester«, sagte Vater zu uns und stopfte sich das Hemd in die Hose. »Bleib du bitte hier.«

Mutter ergriff einen zweiten Polster und drückte ihn gegen ihr Gesicht. Wir stellten uns hinter sie und strichen über ihre Oberarme. Wir spürten die beiden Impfnarben an ihrer rechten Schulter, aber sahen nicht hin.

Wir ließen die Tür unseres Zimmers weit offen stehen, fuhren mit einer Hand über die Schreibtischplatte und nahmen Platz. Ein vages Spiegelbild von uns im Glas der Balkontür. Draußen in der Blumenkistenerde steckte ein Windrad, das wir nicht kannten. Wir holten einen Stapel Löschpapier aus der Schublade und zogen einen Kugelschreiber aus dem Federpennal. Staubgraue Finger. Wir wollten einen Brief an uns schreiben. Zwischen den Eschen und Erlen, die den Spielplatz säumten, stieg eine Traube von Luftballons empor. Wir zerknüllten das oberste Blatt des Stapels, fegten es vom Tisch, setzten die Kugelschreibermine auf das nächste Blatt. Der Stift bewegte sich nicht. Wir legten ihn nieder. Wir tasteten die wunden Knie ab. Vom Wohnzimmer herauf kam Mutters müde Stimme: »Bist du da?«

WIR BRACHEN DIE Stille: »Möchtest du über das reden, was –«

»Alles ist gut«, sagte unsere Schwester. »Das Schachbrett hat vierundsechzig Felder, das Klavier achtundachtzig Tasten, ich habe dreiunddreißig Zähne.«

Hastig schlug sie eine alte Handarbeitszeitschrift auf.

»Jetzt du!«, sagte sie.

Wir wussten nicht, was sie meinte, suchten ihren Blick, doch sie hatte nur Augen für die Strickmuster im Heft vor ihr. Dann murmelte sie etwas. Zu leise, als dass wir es hätten verstehen können. Wir erhoben uns, wollten uns neben ihr auf dem Bett niederlassen, doch sie sprang auf, schob uns aus ihrem Zimmer und drückte die Tür hinter uns zu.

VATER DÄMPFTE SEINE Zigarette aus und zündete sich sofort die nächste an.

»Schluckweise genießen«, wisperte Mutter, setzte ein Glas mit frisch gepresstem Orangensaft vor uns ab, ging zurück ins Haus und zog die Terrassentür hinter sich zu.

»Wenn deine Mutter so weitermacht«, sagte Vater, »dann ist sie bald so dürr wie deine Schwester.«

Die Zigarettenspitze leuchtete auf. Wir nippten am Orangensaft.

»Paul hebt nicht ab, wenn ich ihn anrufe«, sagte Vater. »Gott weiß, wo der steckt.«

Vater legte die Zigarette im Aschenbecher ab und rollte unter dem Tisch eine Zeitung zusammen.

»Und deine Tante sieht überall Gespenster.«

Vater erschlug mit der eingerollten Zeitung eine Fliege. Der Aschenbecher hüpfte. Vater warf die Zeitung in den Mistkübel und nahm seine Zigarette wieder auf.

Wir griffen in die Hosentasche, stellten Vaters Sturmfeuerzeug auf den Tisch und sagten: »Es funktioniert noch.«

ALS WIR DIE Bibliothek der Anstalt betraten, beugte sich gerade eine Dame zu einer leeren Blumenvase, flüsterte dem Gefäß etwas zu, klatschte in die Hände und richtete sich wieder auf. Die Dame trug zwei Strickwesten übereinander und beäugte unsere Schwester, bis diese hinter einer Bücherwand verschwunden war. Dann bemerkte sie uns und das Besucherbändchen an unserem Handgelenk.

»Junger Herr!«, rief sie aus und klatschte erneut. »Nach meiner Entlassung werde ich meine Dissertation fertigschreiben. Rimbaud! Spätwerk! Ich werde Sie besuchen!«

»Das ist schön.«

Wir wollten unserer Schwester nachgehen, doch die Dame redete weiter auf uns ein.

»Die Regale hier sind vorwiegend mit Kinderbüchern und Reiseführern und Bildbänden bestückt. Armselig! Schrecklich! Aber durchaus verständlich.«

Die Dame begann zu flüstern.

»Wissen Sie, man möchte die Patienten nicht auf falsche Gedanken bringen. Der falsche Lyrikband in den falschen Händen ...«

Sie klatschte und sagte: »Sie verstehen, was ich meine?«

»Ja.«

Die Dame lächelte, wandte sich wieder der Blumenvase zu, murmelte vor sich hin, klatschte. Bevor wir einen Schritt machen konnten, stellte sich unvermutet ein hagerer Greis zu uns.

»In diesem Buchtresor befinden sich Kuchenstückchen, die ich mir beim Nachmittagskaffee für die Meisen abgespart habe.«

Er hob ein Metallkästchen hoch. *Die schönsten Balladen des 18. Jahrhunderts.*

»Heute ist das Wetter leider zu schlecht für einen Spaziergang im Park. Dafür bekommen die Meisen morgen doppelt so viel Kuchen.«

Wir hielten Ausschau nach unserer Schwester, sahen sie

am Fenster stehen und sagten: »Entschuldigen Sie bitte, aber –«

»Einmal im Jahr«, unterbrach uns der Greis, »bekomme ich Besuch von meinem Bruder. Er bringt mir jedes Mal ausländische Münzen von seinen Geschäftsreisen mit.«

»Das ist schön«, sagten wir.

»Nein, ist es nicht«, sagte er. »Ich weiß nicht, was ich damit anfangen soll.«

Wir atmeten durch.

»Weiß ihr Bruder, dass sie keine Freude an den Münzen haben?«

Der Greis schürzte die Lippen und blickte eine Weile auf seinen Buchtresor.

»Ich mag den scharfen Geschmack von Zahnpasta nicht«, sagte er schließlich.

Unsere Schwester stand immer noch am Fenster. Die Dame klatschte.

»Ich habe zwei Herzinfarkte überlebt«, sagte der Greis, »und als ich fünf Jahre alt war, haben mir die Nazis den Kopf aufgebohrt.«

Er streckte uns seine Hand entgegen.

»Ich bin Konrad. Wie heißen Sie?«

SILVANA NICKTE VERLEGEN.

»Sechster Monat«, sagte sie und legte eine Hand auf ihren Bauch.

Sie trug ein gepunktetes Kleid und in ihrem Ausschnitt hing ein Taizé-Kreuz. An ihr Piercing erinnerte nur noch ein kleines Loch in ihrem Nasenflügel.

»Du bist richtig groß geworden«, sagte sie.

Der Motor eines Sportwagens heulte auf, ein Motorrad knatterte vorüber.

»Was machst du hier?«, fragte Silvana.

»Warten.«

»Auf den Bus?«

»Ja.«

»Ich auch.«

Silvana öffnete den Reißverschluss ihrer Hüfttasche, holte ihr Handy hervor, klappte es auf und drückte ein paar Tasten. Der Bus bog um die Ecke, schwenkte in die Haltebucht ein, kam direkt vor uns zum Stehen. Zischend entwich Druckluft, die Tür ging auf. Silvana schob sich an uns vorbei, stieg in den Bus, zeigte ihren Ausweis vor. Sie setzte sich in die dritte Reihe ans Fenster und tippte weiter auf ihrem Handy herum.

»Hey!«, rief uns der Fahrer zu. »Willst du mitfahren?«

ZUM ABSCHIED BEUGTE sich unsere Tante zu unserer Schwester hinab und umarmte sie. Unsere Schwester rührte sich nicht, drehte bloß den Kopf zur Seite, starrte auf die kahle Wand. Unsere Tante richtete sich auf. Ihre Augen glitzerten. Sie legte den Arm um uns und hauchte uns leise ins Ohr: »Du nicht.« Sie drückte uns fester an sich. »Du bist stark.«

Dann löste sie die Umarmung und ging.

Sobald die Tür zugefallen war, sagte unsere Schwester: »Zu Weihnachten schenke ich Vater *Mit der Bibel durch das Jahr.* Du kannst mitzahlen, wenn du willst.«

Wir standen neben Konrad vor dem vergitterten Fenster der Bibliothek und schauten nach draußen.

»Warum sind Sie bei den Frauen untergebracht?«, fragten wir.

»Das weiß ich ganz genau«, sagte Konrad. »Das hat der alte Primar verordnet. Sein Name reimte sich auf Bollwerk. Zumindest beinahe.«

Das Sonnenlicht fiel durch die Gebäudeschlucht hinter dem Park und brachte weiß blühende Bäume zum Leuchten. Zwei Meisen hüpften über eine Sitzbank.

»Wenn ich den Kopf senke«, sagte Konrad, »nimmt mein großer Zeh eine deutlich kleinere Fläche in meinem Gesichtsfeld ein als die Sonne, wenn ich den Kopf hebe.«

Seine Zunge glitt langsam über die Oberlippe. Eine Meise landete auf dem Fensterbrett vor uns, pickte zweimal gegen einen Gitterstab und flatterte wieder davon.

»Frieren Sie nicht, wenn Sie barfuß auf dem kalten Boden stehen?«, fragten wir.

Konrad atmete lautstark ein und aus.

»Danke für den Hinweis«, sagte Konrad. »Ich werde ihm nachgehen.«

Er kehrte an seinen Platz zurück, hielt sich an der

Tischplatte fest, ächzte, ließ sich nieder, nahm den Bleistift und beugte sich über die Zeitung.

»Oper von Verdi«, sagte er leise. »Vier Buchstaben.«

Gebrochenes Herz, Stacheldraht, Anker, drei Pyramiden, chinesische Schriftzeichen, eine Bowlingkugel, durch deren Löcher sich eine rote Schlange windet. Kurz vor dem Ausgang überholte uns eine tätowierte Frau, die mit beiden Armen ein Telefonbuch umklammerte. Der Wachebeamte gähnte und machte dabei den Mund so weit auf, dass wir die Plomben in seinen Backenzähnen sehen konnten. Er erhob sich und zeigte auf das andere Ende des Korridors.

»Wissen Sie, wie man hier hinauskommt?«, fragte ihn die Frau.

»Ja«, antwortete der Wachebeamte. »Sie müssen da ganz nach hinten und dann rechts.«

Er wies noch einmal in die Richtung, aus der die Frau gekommen war.

»Ah, danke«, sagte sie. »Ich muss nämlich noch zum Fleischhacker, wissen Sie.«

Als sie sich umdrehte und mit kleinen, schnellen Schritten wieder an uns vorbeieilte, sahen wir, dass ihre Augen entzündet waren. Der Wachebeamte nickte uns zu und setzte sich wieder auf einen Stuhl vor der Glastür.

»Entschuldigung«, sagten wir. »Darf ich Sie auch etwas fragen?«

Der Wachebeamte lächelte.

»Sicher.«

»Warum ist Konrad im Frauentrakt untergebracht?«

»Oh, das war lange vor meiner Zeit«, sagte der Wachebeamte.

Er kratzte sich am Hinterkopf.

»Er hatte damals wohl Probleme mit den anderen Patienten. Und für die Frauen stellt er keine Bedrohung dar. Die mögen ihn sogar. Ist ja ein lieber Kauz. Außerdem ist er ohnehin nur ein halber Mann.«

Der Wachebeamte deutete mit Mittel- und Zeigefinger eine Schere an und schloss die Schere vor seinem Schritt.

DAS PARADIES WAR mit einem Vorhängeschloss versperrt. Wir wussten, dass es vergeblich war, doch klopften trotzdem fest gegen die Tür.

»Helix!«, riefen wir. »Antonitsch!«

Es blieb still. Wir machten kehrt. Der Schimmel rund um die Fenster des Treppenhauses war übermalt worden, und der braune Kaktus war verschwunden. Als wir im dritten Stock angelangt waren, wurde plötzlich eine Tür aufgerissen und ein Mann mit Nickelbrille und Walrossbart trat heraus.

»Was hast du hier zu suchen? Gehörst du zu den Asseln?«

Er musterte uns, zog seine Augenbrauen zusammen. Wir öffneten den Mund, fanden keine Worte.

»Natürlich gehörst zu denen!«, rief der Mann und wollte uns am Arm packen.

Wir wichen aus, stolperten rückwärts und rutschten auf der Treppenkante ab, bekamen das Geländer zu fassen, schnellten herum, nahmen vier Stufen mit einem Satz und rannten weiter nach unten. Die Stimme des Mannes hallte im Treppenhaus.

»Wenn ich einen von euch hier noch einmal erwische!«

So gut es ging fesselten wir uns, banden die Hände an den Bettpfosten, zurrten Großmutters Putzfetzen mit den Zähnen fest. So hofften wir, vor uns selbst geschützt zu sein, während wir schliefen. Wir träumten. Kaltes Licht. Das Eis füllt unsere Mundhöhle aus. Bei Sonnenaufgang bandagierten wir die Arme bis zum Handgelenk ein.

Vater stand im Jogginganzug vor dem Spülbecken, breitbeinig und mit hängenden Schultern. Er wusch Salat. Neben ihm auf dem Herd schwammen aufgeplatzte Frankfurter in einem Topf mit kochendem Wasser. Mutter saß vor einem rosaroten Kerzenstumpf. Sie hatte die Hände zum Gebet gefaltet und bewegte lautlos die

Lippen. Sie trug den Ehering am Daumen. Vater hob das Salatsieb aus dem Spülbecken, drehte sich um. Er sah unsere einbandagierten Arme. Einen Augenblick lang hatten wir den Eindruck, er würde uns zunicken.

»Amen«, wisperte Mutter.

Vater setzte sich zu ihr.

»Du bist nicht schuld«, sagte er mit brüchiger Stimme. »Liebes, du bist nicht schuld.«

»MEINE MUTTER HAT immer behauptet, Gott hat den Menschen bei Kerzenschein erschaffen«, sagte Konrad.

Vor ihm lagen Münzen verstreut auf der Tischplatte. Tschechische Kronen, mexikanische Centavos, britische Pence.

»Meine Mutter war eine sehr dumme, sehr brutale Person.«

Als Konrad aufstand, bildeten seine Beine ein X. Er versuchte die Knie voneinander zu lösen und verlor dabei beinahe das Gleichgewicht. Wir hoben die Arme, bereit ihn zu stützen, doch er nahm wieder Platz, lehnte sich vor, legte seine Unterarme auf die Oberschenkel, besah wieder die Münzen.

»Meine Mutter hat mich verkauft, wissen Sie.«

Konrad ballte die Fäuste.

»An Menschen, die noch dümmer und brutaler waren.«

Er öffnete die Fäuste und beäugte seine zitternden Hände. Dünne, faltige Haut. Altersflecken. Hervorstehende Sehnen.

»Die hatten die schärfsten Messer, die es auf der Welt gibt.«

»WANN?«, FRAGTEN WIR.

Aus dem Radio tönte volkstümliche Musik.

»Wann besuchst du sie?«

Mutters Kopf bewegte sich langsam von der einen auf die andere Seite und wieder zurück.

»Ich ... schaffe das nicht«, sagte sie und griff nach unserer Hand.

Vater schaltete das Radio ab. Vom Wasserhahn löste sich ein Tropfen und landete im Abwaschwasser.

»Gut, dass du da bist!«, stieß Mutter aus und drückte unsere Hand.

Ihr liefen Tränen über die Wangen. Vater rührte in seinem Kaffee um. Die Kuppen von Mittel- und Zeigefinger waren gelb vom Zigarettenrauch.

»Deine Mutter braucht noch ein wenig Zeit.«

Vater leckte seinen Löffel ab und legte ihn neben die Tasse.

»Betest du manchmal für mich?«, fragte Mutter.

Wir entzogen ihr unsere Hand, erhoben uns und rissen vier Kalenderblätter ab. Jetzt stimmte der Tag.

DRAUSSEN BRAUSTE DER Wind, und auf den Schranktüren der Gemeinschaftsküche flimmerte der Schatten einer Baumkrone. Unsere Schwester räumte die Spülmaschine aus.

»Mutter hat die Pfanne vom Herd genommen«, sagte sie unvermittelt. »Sie hat sie auf den Boden gestellt und ist barfuß in das heiße Fett gestiegen. Du hast im Gitterbett geplärrt.«

Sie betrachtete die Knoblauchpresse in ihrer Hand.

»Es wird nicht mehr schön.«

Unter der blassen Haut ihrer Unterarme zeichneten sich Venen ab. Wir beugten uns vor.

»Was brauchst du?«, sagten wir. »Gibt es irgendetwas, das –«

»Es kann gar nicht mehr schön werden, oder?«

Unsere Schwester räumte das saubere Geschirr wieder zurück in die Maschine.

AUS DEN STEINMÄULERN der Gargoyles sprudelte Wasser ins Becken und rundum den Brunnen lagen zertretene Blumensträuße, vom Mittagsregen aufgeweichte Kartonkisten, matschiges Obst. Eine Frau im Blaumann baute den letzten Marktstand ab. Neben dem Mistkübel hüpften drei Spatzen auf einem Fladenbrot herum. Als ein Hund bellend quer über den Platz lief, tschilpten die Spatzen aufgeregt und flatterten hoch. Wir hockten uns auf die Lehne der Sitzbank. Auf dem Holz zwischen unseren Stiefelkappen entdeckten wir einen Schriftzug. Weiße Lackbuchstaben. *Der Tod ist bunt.* Der Hund umrundete eine Straßenlaterne und lief zurück in die Richtung, aus der er gekommen war. Wir zogen einen Stapel Löschblätter aus dem Rucksack und zeichneten schwarze Quadrate.

Kurz nach Mitternacht begann es heftig zu regnen. Wir sprangen von der Banklehne herunter und eilten in ein Lokal.

»Bier?«, fragte uns der Kellner.

»Soda Zitrone«, sagten wir.

Im Nebenraum stand der Rauch über dem Billardtisch.

»Musst noch fahren?«, fragte ein Kerl mit Karpfenlippen, der neben uns am Tresen lehnte.

»Nein.«

Wir merkten, wie er seinen Blick von unserem kahlen Schädel bis hinunter zu unseren zerschlissenen Stiefeln gleiten ließ. Er fuhr sich mit der Hand übers Gesicht.

»Hast überhaupt schon einen Führerschein?«, lallte er.

»Nein.«

»Na, dann. Harry! Ein Bier für den jungen Herren!«

»Nein«, sagten wir.

Der Kellner zerteilte auf einem Schneidbrett eine Zitrone.

»Soda Zitrone!« Der Kerl neben uns lachte auf. »Was

für ein Scheiß. Wer kein Bier nicht trinkt, ist kein Mann nicht.«

Wir drehten uns zum Fenster. Der Regen hatte nachgelassen.

»Redest nicht viel, oder?«, sagte unser Tresennachbar.

Seine Haut war grobporig, seine Nase knollig und rot. Der Kellner nahm einen Bierdeckel aus dem Halter und setzte unser Getränk darauf ab. Kohlensäurebläschen stiegen vom Grund des Glases auf, hefteten sich an einen Fetzen Fruchtfleisch oder zerplatzten an der Oberfläche. Im Nebenraum gab der Billardtisch rumpelnd die Kugeln frei.

»Lass dich gehen, Bursche, lass dich gehen.«

Der Mann neben uns sprach nun sehr laut.

»Lass dich gehen!«, rief er.

Dann weiteten sich auf einmal seine Augen, seine Backen füllten sich, bräunlicher Schleim quoll über seine Lippen, und im nächsten Moment erbrach er auf den Tresen. Der Kellner ließ ein Geschirrtuch gegen die Tresenkante schnalzen.

»Entschuldigung Harry …«

»Hau ab!«

»Aber Harry …«

»Hau einfach ab, du Trottel!«

Der Mann wischte sich an seiner Jacke ab und wankte schwerfällig zur Tür. Das Glas in unserer Hand war glatt und feucht und kühl, wir hielten es an unseren Hals. Es regnete wieder in Strömen. Vor dem Brunnen saß Helix auf den Schultern von Antonitsch. Sie hatte die Arme ausgebreitet, den Kopf im Nacken und den Mund weit geöffnet. Wir stellten uns vor, wie wir ohne zu zahlen aus dem Lokal laufen, wie Helix von den Schultern ihres Bruders hüpft, uns an sich drückt und küsst, wie Antonitsch uns auf den Rücken klopft und lächelt. Wir rührten uns nicht vom Fleck.

KONRAD BEÄUGTE DAS Stück Schokoladenkuchen auf seinem Teller.

»Springer f6«, sagte unsere Schwester.

»Dame schlägt Springer f6«, sagte Konrad.

Unsere Schwester wippte nervös hin und her. Konrad schob seine Unterlippe vor und löste mit einer Dessertgabel die Mandelkruste vom Kuchenstück ab.

»Dame schlägt Dame f6«, sagte unsere Schwester.

»Dame f3«, sagte Konrad und legte die Kruste in seinen Buchtresor.

Unsere Schwester knirschte mit den Zähnen. Konrad schraubte die Thermoskanne auf.

»Es ist nur ein Spiel«, sagten wir.

»Und er beherrscht es nicht«, zischte unsere Schwester.

»Es ist sehr schwierig ohne Brett und Figuren«, sagten wir.

Konrad hob die Kanne an und kippte sie langsam. In seinem Becher landeten zwei Tropfen.

»Ich mache Kakao«, sagte unsere Schwester und fuhr aus ihrem Sessel hoch.

Wir begleiteten sie vom Aufenthaltsraum in die Gemeinschaftsküche. Die Dame mit den Strickwesten stand dort vor der Anrichte und pfiff *Hänschen klein*. Unsere Schwester öffnete den Kühlschrank und griff nach der Milch. Als die Dame begann eine Karotte zu raspeln, zuckte unsere Schwester zusammen. Die Milchflasche entglitt ihr und zerplatzte vor ihren Füßen. Ein weißer See breitete sich aus. Die Dame schien das Missgeschick nicht zu kümmern.

»Entschuldigen Sie«, sagten wir zu ihr.

»Ja, junger Herr?«, antwortete die Dame vergnügt, während sie weiterraspelte.

Unsere Schwester neigte den Kopf zur Seite und biss sich auf die Lippen.

»Würde es Ihnen etwas ausmachen, wenn sie die Karotten ein wenig später –«

Unsere Schwester huschte aus der Küche. Wir gingen ihr nach. Sie beschleunigte auf dem Korridor ihre Schritte, rannte in ihr Zimmer und warf die Tür hinter sich zu. Wir klopften.

»Alles ist gut«, rief unsere Schwester.

Im Spalt zwischen Tür und Boden erlosch das Licht.

MUTTER LIESS DEN Nudelwalker los. Er krachte auf einen Stapel mit schmutzigem Geschirr, Teller zersprangen, Gabeln schepperten. Der Nudelwalker rollte über die Tischkante und kam vor dem Fleckerlteppich zum Stehen. Mutter schaute auf den ausgewalzten Strudelteig, weinte. Ihre Hände waren voller Mehl. Als wir sie am Arm berühren wollten, entzog sie sich.

»Nein. Der Psychiater sagt, dass du zu viel für mich tust.«

Wir hoben den Nudelwalker auf. Mutter schluchzte laut auf.

»Ein einzelner Mensch kann das nicht ertragen!«

DIE TÄTOWIERTE FRAU presste das Telefonbuch gegen ihre Brust.

»Wissen Sie, wo der Ausgang ist?«, fragte sie die Pflegerin aufgeregt. »Ich muss doch noch zum Fleischhacker.«

»Ich bin selbst auf der Suche«, sagte die Pflegerin und lächelte. »Aber vielleicht finden wir den Ausgang gemeinsam.«

Die Miene der tätowierten Frau hellte sich auf. Sie lockerte den Griff um ihr Telefonbuch und sagte: »Das ist wirklich sehr nett von Ihnen.«

Die Pflegerin hängte sich bei ihr ein, tätschelte ihren Arm und ging mit ihr weiter den Gang hinunter.

»Dass es so etwas gibt!«, hörten wir die tätowierte Frau noch sagen. »Niemand weiß, wo der Ausgang ist! Das müssen entweder die Frauen herausfinden... oder die Männer.«

DER KASSIER ÜBERLEGTE.

»Nein, tut mir leid«, sagte er schließlich. »Das sagt mir gar nichts.«

Im Foyer des Naturkundehauses hallten Schritte aus den oberen Etagen wider. Eine breite Treppe lief vom Eingangsbereich auf ein Fensterband zu und teilte sich vor zwei weißen Skulpturen: links die Miniatur einer Eiche, rechts ein Schimpanse in Lebensgröße.

Der Kassier drehte sich zu seiner Kollegin um: »Haben wir einen Raum mit einem Video über Fischschwärme?«

»Ach Gott, nein, schon lange nicht mehr!«, rief diese aus. »Das war irgendeine Sonderausstellung, ist aber zehn Jahre her.«

Die Frau schmunzelte.

»In dem Raum stehen jetzt relativ große Skelette«, sagte sie.

Sie wies auf einen Plakatständer hinter uns: *Jetzt neu: Dinosaurier!*

IN UNSERER ERINNERUNG hatte der Kinderhort weit außerhalb gelegen, auf einem karg bewachsenen Hügel, und der Weg zu ihm war steil und anstrengend gewesen. Tatsächlich befand sich der Hort fünfzig Meter neben einer Bushaltestelle, im Stadtzentrum, wo es weit und breit keine Anhöhe gab. Vorsichtig traten wir an ein Fenster des Spielzimmers heran. Kinder malten mit Ölkreiden auf braunen Kartonbögen. Das Kuhfell war gegen einen Spielteppich ausgetauscht worden. Ein Bub in gelber Latzhose saß darauf und schob ein Matchbox-Auto über die aufgedruckten Straßen. Wir erkannten Schwester Aloisia nicht sofort. Sie war ergraut, ging gebeugt und trug eine Brille mit goldenem Rahmen. Wir kniffen die Augen zusammen und versuchten zu erkennen, ob die Dinosaurierfiguren auf dem Regal standen. Ein Mädchen mit abstehenden Ohren ließ seine Triangel sinken, zupfte an Schwester Aloisias Kutte und zeigte auf uns. Als Schwester Aloisia uns erblickte, runzelte sie die Stirn und humpelte auf das Fenster zu. Wir sprangen über den Zaun, eilten zurück über die Straße, durchquerten den Innenhof des Wohnblocks und setzten uns in das Wartehäuschen der Bushaltestelle. Zerkratzte Plexiglaswände. Auf einem Stromkasten klebte ein Zettel: Eine entlaufene Schildkröte wurde gesucht. Dahinter zerrte ein Mann in oranger Arbeitshose einen Kanaldeckel zur Seite.

ES ZISCHTE, MINERALWASSER spritzte hervor, der Wachebeamte sprang auf und hielt die Flasche von sich weg.

Wir blieben vor der Glastür stehen und drehten uns zu Konrad um: »Wie lange leben Sie schon hier?«

»Ich will mich an nichts erinnern«, antwortete er, »aber das immer wieder.«

Der Wachebeamte schüttelte seine nasse Hand aus und zog ein Taschentuch aus der Brusttasche seiner Uniform.

»Zweiunddreißig Jahre und hundertvierzehn Tage«, sagte Konrad. »Der Name der Einrichtung hat in dieser Zeit allerdings dreimal gewechselt.«

Der Wachebeamte wischte seine Finger am Taschentuch ab.

»Wieso sind Sie hier?«, fragten wir.

»Als man mich gefunden hat«, sagte Konrad, »hatte ich noch immer Rußspuren im Gesicht«.

Er starrte auf den Boden des Korridors.

»Ich habe meine Mutter in die Speisekammer gesperrt und das Haus angezündet.«

Der Wachebeamte sah erst Konrad und dann uns mit geweiteten Augen an.

»Wenn es einen Gott gibt«, sagte Konrad, »dann gibt es zwei Möglichkeiten: Entweder er kann uns nicht ausstehen oder er ist nicht bei Bewusstsein.«

Konrad hielt uns die Hand hin.

»Auf Wiedersehen. Kommen Sie gut nach Hause.«

VATER SASS IM Abendrot auf der Terrasse. Sein Kinn ruhte auf seiner Brust. Er schien zu schlafen. Vor ihm standen eine Flasche Nussschnaps, eine Tupperschüssel mit Krapfen und der Aschenbecher aus Bleikristall. Wir nahmen den Aschenbecher und kippten die Zigarettenstummel in den Mistkübel. Vater schaute auf.

»Du bist es.« Er lallte. »Wie ... wie geht es ihr?«

»Sie hat nur im Bett gelegen und war kaum ansprechbar«, sagten wir. »Das neue Medikament wahrscheinlich.« Wir stellten den Aschenbecher zurück auf den Tisch.

»Allen ist ... alles immer zu viel«, sagte Vater, umschloss den Hals der Schnapsflasche und schüttelte den Kopf. »So viele Verrückte in einer Familie.«

Eine Weile sahen wir Vater an. Sein glasiger Blick irrte über das Gras und die Bäume, über den Himmel, fand keinen Halt. Wir machten die Augen zu. Zirplaute aus dem Garten. Schwebende Trompetentöne von weit her.

»Ich glaube mittlerweile«, hob Vater an, »es ist wahr, was ... was sich die Leute im Dorf erzählt haben. Mein Vater war ... kein Schlosser, kein Bauer, kein ... Überläufer ... Mein Vater ... war irgendein Brian ... aus Phoenix ... Arizona.«

Er kicherte. Wir öffneten die Augen.

»Deine Großväter ... ein Russe und ein Ami ... aber, wer weiß das schon genau ... und was ... würde es ändern, wenn man es ... genau wüsste.«

Er ließ den Kopf nach unten hängen.

»Nimm dir ... nimm dir einen Krapfen«, sagte er leise.

»Willst du kein Licht?«, fragten wir und legten zwei Finger auf den Lichtschalter.

Die Trompete. Das Zirpen. Anscheinend war Vater wieder eingeschlafen. Seine Hand hielt immer noch die Flasche fest.

179

»ES IST NOCH nicht dunkel genug«, sagte Konrad.

Draußen platzierte ein Pfleger einen Brotkorb und eine Schüssel mit weißem Aufstrich in der Mitte eines Klapptisches. Der Hausmeister entzündete reihum die Gartenfackeln, die in der Parkwiese steckten.

»Wie schön die Flammen sind, sieht man nicht bei Tageslicht«, sagte Konrad, der in dicken Sportsocken und Sandalen vor dem Fenster stand. »Das Feuer braucht die Nacht.«

Hinter uns pfiff ein Arzt die ersten sechs Töne von *Hänschen klein*.

»HÄTTE SIE MICH nicht bekommen«, sagte unsere Schwester, »wäre Mutter nicht krank geworden.«

Wir wollten etwas erwidern, doch unsere Schwester hob abwehrend die Hand: »Alles ist gut.«

Durch die Zimmertür drangen Geräusche aus dem Korridor: schnelle Schritte, ein lautes Niesen, das Lachen zweier Pfleger.

»Mein Sohn wäre auch krank geworden. Das konnte ich nicht zulassen. So ein Leben hätte er nicht verdient gehabt.«

»Aber das ist doch –«

Unsere Schwester schnitt uns das Wort ab: »Alles ist gut.«

»Nichts ist gut«, hörten wir uns sagen.

Die Schritte auf dem Gang verhallten. Einen Moment lang war es still. Dann knirschte unsere Schwester mit den Zähnen.

»Alles ist gut!«, rief sie plötzlich aus und schaukelte auf ihrem Stuhl hin und her. »Hier herrscht Ordnung, es ist sauber, ich bin alleine, niemand sonst ist da.«

Sie hörte zu schaukeln auf und sah uns an. Zitternde Pupillen. Sie flüsterte: »Du warst nicht da.«

Unsere Schwester hielt sich die Ohren zu, schaute an uns vorbei auf die Tür und schrie: »Du warst nicht da!«

Wir fuhren hoch, packten unsere Schwester an den Unterarmen, brüllten ihr ins Gesicht: »Du hast dein Kind getötet!« Uns schossen die Tränen in die Augen. »Und niemand! Niemand war jemals wirklich da! Niemand!«

Unsere Schwester kreischte. Die Tür wurde aufgerissen.

»Aufhören!«, bellte ein Pfleger und zog uns weg. »Bist du wahnsinnig?«

DER GÜRTEL DES Orion. Ein blinkender Satellit. Ein Mückenschwarm. Wir schleuderten ein Stück Schwemmholz in den Fluss. Wir befühlten die Kiesabdrücke auf den Handballen. Zu unserer Rechten hob ein leises Dröhnen an. Zwischen den bewaldeten Ufern tauchten Lichter auf. Über die Bugflanken strömte aufgeschäumtes Wasser. Als das Frachtschiff auf gleicher Höhe mit uns war, streiften wir die Stiefel ab und öffneten die Gürtelschnalle. Wir zogen uns aus, Pullover, Cordhose, Boxershorts, und legten uns nackt auf den Kies, nur ein kleines Stück oberhalb des Wassers. Wir hörten, wie in der Dunkelheit neben uns große Wellen gegen Felsbrocken klatschten. Über uns stieß eine Möwe schrille Rufe aus. Die Brandungsgeräusche rückten heran. Wir mussten nicht lange warten.

Im Frühzug fröstelte uns. Auf der Bundesstraße, die neben den Gleisen verlief, blinkten die Ampeln gelb. Wenn wir die Augen zumachten, spürten wir die Wellen wieder, die Kraft, die Kälte, wir konnten das Flusswasser noch schmecken. Wir drückten die Fingerknöchel gegen die Schläfen. Rote Flecken glitten über die Innenseite unserer Lider, und aus den Flecken formten sich Figuren: stumme Feuerdämonen.

WIR VERLIESSEN DAS *Café Against The Machine* und stiegen durch den Stufengang hoch zur Straße. Oben hielt uns der Türsteher das Gittertor auf.

»Nicht da?«, sagte er.

»Nein.«

»Sag ich doch.«

Er zog das Tor hinter uns zu, raschelte in einer Plastiktüte herum und schob sich eine Lakritzschnecke in den Mund. Wir warfen die Kapuze über. Krachende Musik, Flaschenklirren, Gebell. Ein gutes Dutzend Punks kam hinter der verwaisten Fabrikshalle hervor. An der Spitze gingen zwei Männer, die sich immer wieder anrempelten und dabei lauthals lachten. Dahinter grölte ein Mädchen in Camouflage-Leggings: »This trust will kill again for you!« Antonitsch hatte einen CD-Spieler geschultert, streckte die Faust in die Luft, formte den Satansgruß. Zwischen den Punks sprang aufgeregt eine Dogge herum. Helix überholte die feiernde Menge auf ihrem Snakeboard und steuerte auf uns zu. Ihr Irokesenschnitt war blitzblau. Der Türsteher öffnete das Tor wieder.

Helix hüpfte von ihrem Snakeboard, trat ganz nah an uns heran, fuhr mit einer Hand in unsere Kapuze, fasste unseren Hinterkopf und küsste uns fest auf die Lippen.

»Du hast eine schöne Stimme«, sagte sie, schnappte ihr Board, huschte durch das Tor und verschwand im Stufengang. *Diabolus X Machina.*

»Jetzt ist sie da«, sagte der Türsteher.

Der Rest der Gruppe traf ein.

»Hallo Narbe«, sagte das Mädchen mit den Camouflage-Leggings und fiel dem Türsteher um den Hals.

»Alles klar, Kleine?«, erwiderte er. »Sag Anna, sie darf mich das nächste Mal ruhig grüßen.«

Ein Punk nach dem anderen folgte Helix nach unten. Antonitsch nahm den CD-Player von seiner Schulter und ging wortlos an uns vorüber.

»Und du?«, fragte der Türsteher.
Wir schüttelten den Kopf. Er zog das Tor zu.

WIR GRÜSSTEN DIE Nachbarin zurück und setzten uns zu Mutter auf die Stiege vor dem Haus. In ihrer Hand lag ein Brieföffner, neben ihr die Post der letzten Tage.

»Jemand müsste den Rasen mähen«, sagte Mutter und tippte mit ihrem Daumen gegen die Spitze des Brieföffners.

Im Vorgarten flatterten zwei Admiralsfalter. Dort und da leuchtete zwischen den hohen Halmen ein Apfel hervor.

»Wie geht es dir?«, fragten wir.

»Danke«, sagte Mutter, legte den Brieföffner zur Seite, bemühte sich zu lächeln. »So halbwegs.«

Die Nachbarin umrundete ihren Swimmingpool und ließ dabei den Kescher durch das Wasser gleiten. Am Himmel hingen weiße, violette, dunkelgraue Wolken.

»Keiner kann aus seiner Haut«, sagte Mutter. »Ich war doch krank. Das habe ich mir ja nicht ausgesucht.«

Sie massierte ihre schmalen Handgelenke.

»Mein Vater hat sich das auch nicht ausgesucht. Der Krieg hat ihn krank gemacht. Und dann hat mein Vater mir seine Krankheit vererbt und ich wiederum habe –«

Sie hielt einen Moment inne.

»Ich … Ich habe es von ihm gelernt und –«

Mutter presste die Augen zusammen. Die Nachbarin klopfte das Keschernetz auf den Terrassenfliesen aus.

»Ich habe euch so viel Liebe gegeben wie ich konnte. Ich wollte nie irgendjemandem etwas Böses.«

Ein sanfter Wind kam auf. Mutter hielt den Kuvertstapel neben ihr fest. In den Rillen zwischen den Pflastersteinen der Auffahrt zitterte der Löwenzahn.

»Nie«, sagte Mutter.

Die Nachbarin rüttelte an zwei Efeuzäunen, die sich ineinander verkeilt hatten.

»Ja«, sagten wir.

WIR KLOPFTEN NOCH einmal.

»Hallo?«

Wir bekamen keine Antwort. Als wir schließlich die Zimmertür einen Spalt weit öffneten, wurde sie von innen heftig wieder zugedrückt.

»Es tut mir leid«, sagte ein Arzt hinter uns. »Ich muss dich bitten zu gehen. Deine Schwester will im Augenblick niemanden sehen.«

Die Dame mit den Strickwesten trat auf den Korridor und klatschte zweimal in die Hände.

»Haben Sie Ihrer Mutter vergeben, was sie Ihnen damals –«

Konrad fiel uns ins Wort: »Noch nie in der gesamten Geschichte der Menschheit hat Vergebung zu Heilung geführt.«

Konrad nieste.

»Nicht Gesundheit sagen, ich muss immer zweimal niesen«, sagte er. »Das ist immer so bei mir.«

Wir warteten ab. Konrad nieste kein zweites Mal. Er sog bloß geräuschvoll Speichel ein, der sich in seinen Mundwinkeln gesammelt hatte.

GROSSER, WUCHTIGER SCHÄDEL, Nackenschild, gewaltige Zahnbatterien. Bis zu neun Meter lang, bis zu zwölf Tonnen schwer. Ungeklärt ob Einzelgänger oder Herdentier. Fossilfunde in Nordamerika. Ein vollständiges Skelett wurde noch nicht entdeckt. Der Triceratops war einer der letzten Dinosaurier. Er starb am Ende der Kreidezeit aus.

Wir schlossen die Website des Naturkundehauses und gaben die Adresse einer Suchmaschine ein. Fischschwärme simulieren keine großen Fische, Vogelbeeren sind nicht giftig, *Sonnengeflecht* ist ein anderer Name für den Solarplexus, es gibt gelbe Tauben und siamesische Zwillinge, die sich ein Herz teilen.

IN DER LOBBY des Turmhotels wellte sich die Tapete und ein künstlicher Vanillegeruch hing in der Luft. Vom Kopf des Nachtportiers standen drahtige Haare ab. Auf der Buchseite, die er gerade studierte, war Nordafrika abgebildet. Endlich sah er auf und warf einen Blick auf das Schlüsselbrett.

»Zimmer 47 ist noch frei«, sagte er mit heiserer Stimme und fügte hinzu: »Bezahlung im Voraus.«

Der Portier räusperte sich, nahm unseren Geldschein entgegen und legte den Zimmerschlüssel auf das Nildelta.

»Mit dem Lift in die vierte Etage und dann rechts.«

Er hustete. Die Duftkerze neben ihm flackerte.

Vater rief an. Wir schoben das Handy unter das Kissen neben uns, ließen es vibrieren, bis es endlich verstummte. Die Haut an unserem Hals war rau und gereizt. Der Wecker tickte. Wir entnahmen ihm die Batterien. Wir klemmten die Arme unter den Rücken und versuchten uns auf unseren Atem zu konzentrieren. Ein. Aus. Ein. Aus. Eine SMS von Vater traf ein: *Mutter will wissen, wo du bist. Sie macht sich Sorgen.* Wir machten fünfzig Sit-ups und knipsten die Nachttischlampe aus.

Wir sprangen auf. Schriller Dauerton. Hämmerndes Herz. Alarm. *Aufzug im Brandfall nicht benützen.* Im Treppenhaus des Hotels brüllte die Überdruckanlage, und es roch beißend nach Rauch. Wir liefen abwärts, glaubten das Prasseln des Feuers zu hören und erwarteten jedes Mal aufs Neue, dass uns auf der nächsten Etage Flammen entgegenschlagen würden. Jedes Mal aufs Neue nichts als blanke Stufen.

Auf dem Parkplatz wartete der Nachtportier, die Ohrenschützer an den Hals geklemmt, auf das Eintreffen der Feuerwehr. Zwei Dutzend Hotelgäste hatten sich auf einer Rasenfläche versammelt. Aus einem Fenster im Erdgeschoß quoll Rauch und stieg in den sternenklaren Himmel auf. Zwei Mädchen wunderten sich über die Papageien, die in den Bäumen vor dem Fußballkäfig schliefen.

»Es handelt sich um eine Tatsache«, sagte eine Polizistin in ihr Funkgerät, während sie aus dem Wagen stieg. Zuckendes Blaulicht. Warnwesten. Ein junger Mann kam aus dem Hotel gelaufen und rief:»In der Küche!« Er raufte sich die Haare. Die Feuerwehr steckte ihre Schläuche aneinander, wenig später schwollen sie an.

»Gelegt?«, fragte der Nachtportier einen Behelmten. Wir froren.

Nach der Löschaktion trugen die Feuerwehrleute große Kunststoffwannen aus dem Gebäude und kippten deren Inhalt neben die Eingangstür. »Es gibt nichts zu sehen!« Das geschwärzte Frontglas einer Mikrowelle, Keramikscherben, verbogenes Blech, angeschmolzenes Plastik, eine Dose Haarspray, zwei Küchenschranktüren, alles in Asche gebettet.

Gerade als sich zwischen den Hochhäusern des Bahnhofsviertels ein Morgenrot erahnen ließ, tauchte der Portier hinter dem Feuerwehrwagen auf, steckte die Mittel- und Zeigefinger seiner beiden Hände in die Mundwinkel und ließ einen heulenden Pfiff ertönen. »Sie können jetzt wieder zurück in Ihre Zimmer gehen!«, verkündete er. Wir blieben sitzen, streichelten unsere Gänsehaut, massierten unsere Schläfen, wollten uns an nichts erinnern, begannen zu summen. *Morgen früh, wenn Gott will.*

VOR GROSSMUTTERS GRAB gingen wir in die Hocke und krempelten die Ärmel hoch, ertasteten den Schlüssel, zogen ihn aus der Erde. In der entstandenen Kuhle krümmte sich ein Wurm. Es fing an zu nieseln. Wir legten beide Hände auf den Grabstein, befühlten die Gravur im Granit, Buchstaben und Ziffern. Auf der Friedhofsmauer saß eine Krähe. Sie hatte eine Haselnuss im Schnabel, spannte ihre Flügel auf und spreizte die Schwanzfedern. Blitzerhellte Wolken im Norden. Wir kletterten über das schmiedeeiserne Tor und liefen die Wiese hinab. Am Fuß des Friedhofsberges lag ein Blumenbeet im Lichtkreis einer Straßenlaterne. Wir machten Halt, zählten die Blütenblätter einer Aster. Siebenunddreißig.

Im Wald vibrierte das Handy.

»Ja.«

»Wo bist du?«, fragte Mutter mit dünner Stimme.

Die Welt um uns war schwarz und grün.

»Geht es dir nicht gut?«

Wir schlossen die Augen, streckten den Arm zur Seite, fünf, vier, drei, und ließen das Telefon in die Brennnesseln fallen. Das Display leuchtete durch die Blätter herauf. 02:02. Über unser Gesicht liefen Regentropfen.

In der Brennnesselhütte schmissen wir die nassen Kleidungsstücke in den Bottich und trockneten uns so gut es ging mit Taschentüchern ab. Die Spiegelscherbe zeigte uns gerötete Augen, Kratzer an den Wangen, einen lädierten Hals. Wir hoben den Erste-Hilfe-Koffer aus seiner Verankerung, fanden darin Blasenpflaster, eine goldglänzende Rettungsfolie und ein Schmerzgel, das seit siebzehn Jahren abgelaufen war. Zwischen den Leisten des leeren Bilderrahmens spannte sich ein Spinnennetz auf. Eine Weile standen wir vor dem Fenster, nackt und reglos, starrten in die verregnete Nacht. Schemenhaft spiegelten wir uns im Glas. Unser Körper gab uns nichts zu verstehen. Langsam schoben wir das löchrige Puzzle mit der Innenseite des Fußes gegen die Wand, das Rotauer Massiv wölbte sich, zerfiel, wir holten mit dem Bein aus und versprengten die Puzzleteile mit einem Tritt im Raum.

Wir schraubten den Kanister auf, warfen die Verschlusskappe gegen die Werkzeugwand, rochen das Benzin. Der Wind wiegte die Wipfel hin und her und heulte um die Hütte. Wir knieten uns nieder, zerknüllten drei Doppelseiten der alten Zeitung und gaben die Papierbälle in den Ofen. Wir waren uns nun sicher, dass das gesuchte Wort *Horn* und nicht *Dorn* war. Auf die Papierbälle schichteten wir ein paar Puzzleteile, Reisig, dünne Holzstücke, zuletzt drei wuchtige Scheite und den aufgeschnittenen Bowlingkegel. Wir entzündeten das Papier, warteten, bis das Feuer das erste Scheit erfasst hatte, und schlossen dann die Ofentür. Nachdem wir den Eisenwürfel aus seinem Versteck geholt hatten, legten wir uns auf den Boden und deckten uns mit der Rettungsfolie zu. Rußgeschwärzte Fingerknöchel. Wir hielten den Würfel an unseren Hals, lauschten dem Regen, bewegten uns nicht mehr.

Eine Ameise lief über unseren Nasenrücken. Es war still. Der Regen hatte aufgehört. Der Ofen barg kalte Asche, und das Sonnenlicht war bereits wieder im Begriff zu verschwinden. Der Magen knurrte. Wir streiften ein Puzzleteil ab, das auf unserer Fußsohle klebte, und traten vor die Tür. Morastgestank. Ein Netz von Wildschweinfährten, fahle Grasbüschel, Wasserlachen. Ab und an löste sich vom Dach der Hütte ein Tropfen. Träge krochen die Nebelschwaden in den Wald zurück. Wir schleuderten die Bowlingkegel, einen nach dem anderen, acht, sieben, sechs, in die Brennnesseln.

Der Drache stand vor der Frau, die gebären sollte; er wollte ihr Kind verschlingen, sobald es geboren war. Wir schlugen die Bibel zu und donnerten sie auf die Blechtonne. Es war jetzt dunkel genug. Wir hauchten das Fenster an und fuhren mit dem Finger über das Glas. Die Blockbuchstaben hoben sich deutlich vom hellen Beschlag ab. Sie erschienen in finsteren, graugrünen Tönen, in den Farben der Tannen, die die Hütte umstellten. Die Buchstaben verschwanden wieder. *Wir wollen uns an alles erinnern.*

Wir schrieben auf das Glas einen Brief an das Kind, dessen Tür stets weit offen stand, an das Kind, das ein Unfall gewesen war, Monster malte und die dicken Bücher gar nicht wirklich las und das sein Herz an eine Maus, an ein Steckenpferd, an einen Mutanten, an Urzeitkrebse hängte, wir schrieben den Brief auch an das Kind, das im Dunklen badete, das sich verpanzerte und im Schwarm verlor, an das Kind, das die fehlenden Puzzleteile nie fand, an das Kind, das die Lüge ahnte, das die Tür seines Zimmers schloss und so tat, als hörte es nichts, an das Kind, das alle Pfeile verbrannte, alleine im Meer stand, durch hüfthohe Brennnesseln stapfte, von zu Hause fortging, in der Au lebte, im Paradies, in der Hütte eines toten Mannes, an das Kind, das den Schlüssel in die Graberde steckte, das groß wurde und stark, das nur einen Traum kannte, sich stumm stellte, Asche hinterließ und dorthin aufbrach, wo das X eingezeichnet war, an das Kind, das den Fluch nicht aufhielt, an das Kind, dem man so viel Liebe gegeben hatte, wie man konnte. Schwindel packte uns. Wir hauchten die Scheibe nicht mehr an, aber formten mit dem Finger unentwegt Zeichen auf ihr. Wir konnten nicht mehr lesen, was wir schrieben. Aber wir schrieben. Allmählich kühlte die Hütte aus.

Wir urinierten auf den Boden der Hütte. Der Harn prasselte gegen die Bretter, spritzte auf unsere Fußrücken und Schienbeine. Ein Wildschwein brach durchs Unterholz, blieb abrupt stehen und trat schließlich auf die Lichtung, mit seinem Rüssel in den Matschrinnen schnüffelnd. Der

Mond war gewandert. Uns erschien er nur noch als Bild in einer Pfütze.

Die Zeigefingerspitze fühlte sich taub an. Die Schulter tat weh. Wir wechselten die Schreibhand. Der Himmel hellte sich auf. Die Zähne klapperten. Ein Wildschwein. Vielleicht dasselbe wie zuvor. Dahinter tauchte ein zweites auf. Wir waren nicht allein.

Kratzgeräusche. Wir tippten mit dem Fuß gegen die Tür der Hütte. Knarzend schwang sie auf, Vogelstimmen wurden laut, die Katze machte einen Satz zurück, huschte über die Lichtung, verschwand in den Brennnesseln. Großmutters Kater hatte seine Krallen am Holz geschärft. Draußen wand sich ein Wurm auf Tannennadeln. Wir bückten uns nach ihm, setzten ihn im Klee ab. Wir stellten den Eisenwürfel auf die Erde und unterbrachen damit eine Ameisenstraße. Kaltes Licht. Wir nahmen Abschied voneinander. *Aber nur noch einmal.*

III

»DER AUSGANG …«, SAGTE der Junge mit dem zerkratzten Gesicht.

Während sie auf seine Antwort wartete, entglitt der tätowierten Frau ihr Telefonbuch. Der Junge hob es auf und sah in ihre entzündeten Augen, nahm die tiefhängenden Tränensäcke wahr, die eingefallenen Wangen.

»Der Ausgang ist gleich dort vorne«, sagte er schließlich, reichte der Frau das Telefonbuch und deutete auf die Glastür am Ende des Korridors. Davor saß der Wachebeamte und schnitt sich die Fingernägel.

»Vielen Dank«, sagte die Frau. »Vielleicht schaffe ich es ja noch zum Fleischhacker, bevor er zumacht.«

Als sie auf die Glastür zutrippelte, wurde hinter dem Jungen ein Schlüssel in einem Schloss gedreht. Ein alter, hagerer Mann und ein Pfleger kamen vom Park herein.

»Schauen Sie Konrad, Ihr Freund ist wieder da«, sagte der Pfleger und versperrte die Tür hinter sich.

Konrad sah auf, schob die Zungenspitze aus dem Mund, blinzelte, senkte seinen Blick wieder.

»Deine Schwester hat schon nach dir gefragt«, sagte der Pfleger zu dem Jungen, klopfte ihm auf die Schulter und ließ ihn mit Konrad alleine.

»Wir kommen gerade von einem Spaziergang im Park zurück«, sagte Konrad.

Er hielt seinen Buchtresor hoch.

»Das ist schön«, sagte der Junge.

»Immer wenn die Meise den Schnabel in den Teich steckt, um einen Schnabel voll Teichwasser zu nehmen, schlägt sie kurz und kräftig mit den Flügeln. Um nicht ins Wasser zu plumpsen, vermute ich. Dieser Flügelschlag, das wollte ich erzählen, klingt wie das Schnauben eines kleinen oder fernen Pferdes.«

Konrad streckte dem Jungen die Hand entgegen.

»Ich bin Konrad. Wie heißen Sie?«

Der Autor dankt insbesondere:

Tanja Raich & Senta Wagner (Glaube, Lektorat, Hoffnung) # Richard Obermayr (waunst heit hergehst…) # Daniel Mellem (mögest du dich auf den Mond schießen, Digger) # Katharina Brauer (Heroine) # Merle Müller-Knapp (Herzchen an der Seite) # Saša Stanišić (Kairos, Werwolf, Ballerei) # Angelica Ammar (Kairos, Werwolf, Ballerei) # Carsten Tabel (jetzt sieh sich einer diesen Huftritt an!) # Valeria Gordeew (die Zikade ist das Gegenteil des Zonks) # Sibylle Hirschhäuser (dein Berg ruft) # David Blum (Fallrückzieher ins Kreuzeck to you) # Michael Lentz (war schon hart… aber) # Ulrike Draesner & Petra Gropp (doppelplusgut) # Marica Bodrožić (so neu, dass es niemals mehr alt werden kann) # Jörn Dege (du bist… eh scho wissn) # Hans-Ulrich Treichel (ich ziehe die Kopfbedeckung) # Julia Wolf (Unterstützung, Unterredung, Unterkunft) # Lioba Happel (Asien!) # Konstantin Ferstl & Robert Stripling (wir sehen uns beim nächsten »Rock am Anduin«) # Eva Raisig (auf die treuen Seelen) # Sabine Schönfellner (drinnen ist weit) # Slata Roschal (die Fledermaus ist dringeblieben) # Martin Halewitz (Zensur-Buddhismus) # Lucan Friedland (einfach so) # Birgit Lehner (Freifahrt und… Schokokuchen!) # Julia Tautz & Elisabeth Ruge (007) # Judith Wimmer & Erich Wimmer (emsige Feldforschung und Katzenstipendien) # Christian Dietrich & Michael Makula (dank Ihnen & dir bei der Ameisenstraßenkreuzung richtig abgebogen) # Andreas Rodath (dank Ihnen die Leuchtschrift verfinstert) # Gigi Gratt (Nautisches und Mucke) # Stephan Blumenschein (I love you) # Karin Peschka (das ist mein erster tapferer Brief an die Welt) # Magdalena Meindl (Licht, immer) # Christine Lavant (die Majorin im Irrenhaus)

Die Arbeit an diesem Buch wurde seitens folgender Einrichtungen unterstützt (in Form von Stipendien, Auszeichnungen und Arbeitsaufenthalten): Land Oberösterreich, Bundeskanzleramt Österreich, Literar Mechana, Jürgen-Ponto-Stiftung & Herrenhaus Edenkoben, Künstlerhaus Edenkoben, Künstlerdorf Schöppingen, Hamburger Gast, Gängeviertel, Wuppertaler Literaturbiennale, FLORIANA.

Literatur bei
Kremayr & Scheriau

Gertraud Klemm
Hippocampus

Roadtrip trifft feministischen
Aktionismus. Ein furioser Roman
gegen Vetternwirtschaft, Bigotterie
und Sexismus. Durch und durch
Klemm.

384 Seiten | ISBN 978-3-218-01177-8 | 22,90 €

Petra Piuk, Barbara Filips
Wenn Rot kommt

Ein Paar reist nach Las Vegas
und verliert sich im Drogenrausch.
Ein atemloser Trip ins Innerste der
Glücksspielmetropole.
Mit zahlreichen Infrarot-Fotos!

240 Seiten | 978-3-218-01227-0 | 24,– €

Lucia Leidenfrost
Wir verlassenen Kinder

Was passiert, wenn Erwachsene das
Dorf verlassen und nur die Kinder zu-
rückbleiben? Ein vielstimmiger Roman
über Macht und Gewalt, Widerstand
und Hoffnung.

192 Seiten | 978-3-218-01208-9 | 19,90 €

Tonio Schachinger
Nicht wie ihr

Ein Jahr im Leben des Fußballstars Ivo Trifunović, ein Roman für Fußballstars und Fußballverweigerer gleichermaßen. Rotzig, deep und fresh.

304 Seiten | 978-3-218-01153-2 | 22,90 €

Marie Luise Lehner
Fliegenpilze aus Kork

Vater und Tochter streunen durch Wien, stehlen Elektrogeräte auf dem Müllplatz und sammeln Kupferleitungen auf Baustellen. Was wie ein Abenteuer klingt, ist der Alltag der Protagonistin.

192 Seiten | 978-3-218-01067-2 | 19,90 €

Simone Hirth
Bananama

Sind Bananama und die »Welt da draußen« vereinbar? Eine Aussteigerfamilie lebt in einem Haus am Waldrand. Eines Morgens liegt ein toter Mann im Gemüsebeet. Die diffuse Angst des Kindes bekommt ein Gesicht.

192 Seiten | 978-3-218-01103-7 | 19,90 €

www.kremayr-scheriau.at

ISBN 978-3-218-01229-4

Copyright © 2020 by Verlag Kremayr & Scheriau GmbH & Co. KG, Wien
Alle Rechte vorbehalten
Schutzumschlaggestaltung: Christine Fischer
Unter Verwendung einer Grafik von shutterstock.com/Noiel
Lektorat: Senta Wagner
Satz und typografische Gestaltung: Ekke Wolf, www.typic.at
Druck und Bindung: Finidr, s.r.o., Czech Republic

Gedruckt mit freundlicher Unterstützung
durch das Land Oberösterreich
und das Land Steiermark.